朱西甯作品集①

鐵漿

朱西甯・著

氣的大行動竟而無感，唯見「反革命暴亂」，不識難求也難遇的民心之可大用，良足扼腕浩嘆。可謂專制當權一久即難逃腐敗的宿命。

地陪鄭綱小姐已乘車來站迎接。請問芳齡，果然一九五八年次，是為三面紅旗「全民大煉鋼」所謂「執失朝天」的頭一年。

站前廣場猶如沉睡夜霧中，街景暗昧無所見。若非多處吆呼「洗臉漱嘴」，一定注意不到廣場边口一排小攤，地上擺列著熱水瓶、保水桶、面盆、口盃、毛巾等盥洗傢什，人在夜寒中蹲縮地上，好像羞于出口的啞聲吆呼。平常我總怕看這些想像不出會有幾許行善施捨甚于需要的顧

朱西甯先生手稿

編輯說明

朱西甯先生是當代台灣最重要的小說家之一。早在五〇年代初，他便以《狼》、《鐵漿》等膾炙人口的作品震動文壇。其後創作不輟，生平長篇小說、短篇小說集、散文集計三十餘部。

朱西甯筆下的世界何其繁複：他寫燕趙漢子的獷拓陽剛、寫血氣人物的自我犧牲、寫枯旱大地上人如何愚騃如螻蟻撲殺同類，他的小說既堅持著托爾斯泰一系「大小說」的濃厚人文關懷與救贖執念，卻又充滿了巴赫汀所謂「民間狂歡節」，鄉土人物由迷信、仇殺、血性、江湖義理、壓抑之性欲……種種原始與顛覆力量互為拉扯，既荒謬又殘酷之景觀。〈鐵漿〉裡孟昭有那令人驚心動魄，以滾燙鐵汁淋澆肉身的自戕畫面；或是〈出殃〉的瘋狂、死亡、鬼魅，錯亂將封建宅院秩序顛倒成一「受虐——性愛——死亡」的恐怖喜劇。他的小說原鄉裡散布著相互火併的馬幫與鹽商、偽扮成替驢馬騶貨看病的浪子獸醫的抗日游擊隊、打更的、拉伕子、馬倌……種種看似典型其實充滿內在衝突與矛盾的「不完全悲劇英雄」。他們帶著失傳的技藝和老輩人的忠義仁厚，在「將時鐘撥快」歷史的扭曲光弧裡進退失據。

朱西甯先生的小說，即是這個衝突時刻的濃縮與隱喻；中國的古老象徵性秩序與民初現代性時刻的轇葛衝突，一個倫理世界散潰崩毀的緩衝時刻，人如何靠著某些古老的信仰，不致使那世界整個虛無垮掉；那個「中國」（想像性符號、想像性時刻，或想像性的地理原鄉），在朱西甯的小說世界裡，呈現出一幅巨大而闇黑的人性礦脈。那不止是個魅異精準處理死亡（空曠土地上人與人原始性的殺戮與自戕）場景之技藝；不止是童騃天真的敘事聲音鋪述著華北、關東的鄉野傳奇；不止是鐵路與漕運、醫藥與巫術這些時代遞嬗、經濟錯序的社會學材料……那是一個既寫實又閃爍著傳說魅力的原鄉時空；那是一個既庶民百工知識考古，卻又充滿現代性意識之焦慮的——也許最終只能以「小說」將之承托——離散的中國。

這亦即王德威教授曾云：「朱西甯的小說可以上接魯迅，乃至三、四〇年代沈從文、吳組緗等人的原鄉視野；而下接王禎和、黃春明的本土情懷……甚至對照八〇年代大陸尋根作家，從鄭萬隆到賈平凹，從莫言到劉恒……實為尋根作家亟應尋回的海外根源之一。」

朱西甯先生一生在小說語言、小說形式上孤寂地往藝術造境推進。我們在近半世紀後重讀這些作品，像用小盞電石燈照著那巨大人心礦坑裡，某一角落的陰暗苔蘚。我們極難以單一的意識形態或流行文學論述概括他不同時期「只和自己賽跑」的不同風格作品。印刻出版公司以最崇敬的心情，將這些作品重新整理，以「朱西甯作品集」之面貌出版，作為我們對這位小說巨人無限的懷念，並分饗朱先生的老讀者，以及曾抱憾錯失的年輕朋友。

目次

灰色地帶的文學

——重讀《鐵漿》

劉大任

去年六月，接到安民兄的信，告訴我他計畫重新出版朱西甯先生六十年代初的傑作《鐵漿》，並要求我寫一篇序或導讀。寫序我覺得我的分量不夠，寫導讀也自覺訓練不足，但《鐵漿》確實是影響過我的寫作道路的，所以自告奮勇，寫一篇讀後感。

恰好七月初有事到巴黎去，就隨身帶了皇冠出版社一九六三年的那個版本。

在越洋飛行的波音七四七上，讀「齊魯青未了」的那個遙遠世界裡一百年前農村集鎮的傳奇人物與古老事件，感覺上當然不很協調。然而，也許就因為無意中選擇了這種環境和時空，一種萬古常新的寂寞感，突然把我抓住了。

這種怪異的感受，跟記憶中初讀《鐵漿》的心情，大不一樣。

第一次讀《鐵漿》，記得是一九六五年的夏秋之交，有天在衡陽路閒逛，在文星書店找到這本當時聽一道混的朋友介紹說「應該看看」的書。

那次的讀後感，不是寂寞，是溫暖，沒有失落，有震撼。

仔細揣摩，年輕時的震撼，有不少原因。

最重要最強烈的原因是：居然在台灣「發現」了魯迅與吳組緗的傳人。

這跟那時候的我的生活有不可分的關係。

魯迅是別人介紹的。台大第一宿舍一位讀法律的本省籍同學，有天神祕兮兮地把一本故意用洋雜誌封面做了封套的《魯迅選集》塞在我枕頭底下：「明天找個沒有人的地方去讀！」他說。

在此之前，我對魯迅的了解等於零，只聽過國文老師熊公哲先生提過：白話文，只有周氏兄弟勉強可以，其他的不必讀。

那本《選集》給我開啟了一個世界，陌生但不遙遠。吳組緗則是我在夏威夷大學的東方圖書館刻意搜索「發現」的。閱讀這兩位前輩，加上在我心目中形成一條路線的其他一些作家，如沙汀、艾蕪、葉紫和羅淑等，形成了一種「知識累積」，成為我在一九六四到一九六六年期間跟《劇場》雜誌內部一些同人討論文學觀點的基本力量來源。就因為這種討論和爭辯，《劇場》後來分裂成兩派，陳映真與我退出，同尉天驄合作，天驄又拉來了王禎和、七等生、黃春明、雷驤……，我們堅持要以現實為基礎的創作方式，終於藉《文學季刊》的創辦，有了實踐的機會。

可是，理論主張雖然說得口沫橫飛，一張白紙攤在面前，怎麼下筆？這時候「發現」了朱西甯的《鐵漿》，不能不說有點命運與共的感覺了。因此，第一次讀《鐵漿》，沒有寂寞，只有溫暖，沒有失落，只有震撼。

一九六六年初，我試以寫實手法（當時可憐地以為，只要關閉向內探索的眼睛，努力向外張望，便是寫實了），結結巴巴寫出了一篇「新思想」作品，題目叫《刀之祭》，那裡面清清楚楚，完全是模仿朱西甯，而且，模仿得相當拙劣，因為當時對朱西甯在《鐵漿》中寄寓的鄉土深情，根本毫無了解，只不過利用一個軀殼，暗藏一點「反」意。

義務擔任《文學季刊》顧問的姚一葦先生看完後，說了兩個字：「不行！」

羞愧之餘，再出發，找到自己比較熟習的題材，寫了《落日照大旗》，總算勉強過關。

當時，可能由於自命為左派的意識形態作祟，讀《鐵漿》時竟完全看不到朱西甯作品中那種謙沖溫和的基督教淑世的精神，反而把《鐵漿》中塑造的那種北方男兒頂天立地超愚昧的拒絕投降的精神，看成了中國人應該有的翻身本錢。同時，許多細緻的差別，也毫無所感，舉例說：吳組緗的《鐵悶子》，那個做賊的好漢為甚麼連上了抗日救亡？朱西甯的〈賊〉，魯大個為甚麼一點社會功能都不給？我就從不曾深究。同樣，寫農村大戶人家，為甚麼吳組緗的《一千八百擔》充滿嘲諷，朱西甯的〈鎖殼門〉只有悲憫？我也不曾深思。

隔了幾十年，自己至少也在精神世界裡走過了漫長的坎坷路，這些細微的差別，便清晰顯露出來，如同風吹雨打的古老建築，磚瓦上的苔痕，梁柱上的木紋，令人怵目驚心。

我們都聽說過，朱西甯從軍後，走南闖北的簡單行囊中，有一本張愛玲。朱西甯跟胡蘭成的交往，也是台灣文藝圈熟習的掌故。甚至還有人大膽到把朱西甯歸類為張派或胡派。

這一層，在重讀《鐵漿》後，更加讓我覺得寂寞。

我始終認為，台灣當代小說，在魯迅和張愛玲這兩個性質頗不相契的傳統中，選擇了後者，是相當不幸的。

這麼些年來，由於新批評這個文學理論在台灣一度成為顯學，又由於魯迅在中國大陸先後遭受兩次謀殺，張愛玲被尊奉在廟堂之上，魯迅則變成了某種政治符號。

這個發展，重讀《鐵漿》，也使我覺得氣悶，我認為，朱西甯的作品，應該屬於魯迅、吳組緗、沙汀、艾蕪、葉紫和羅淑所代表的這個傳統。不過，應該先釐清一點我們對這個傳統多年來的一些誤解。

先說魯迅。

魯迅死於一九三六年，逝世前十年內，除了幾個故事新編（他自己也認為不過是「速寫」），一篇小說創作都沒有，全是匕首與投槍。雖然是白話小說的開山大師，魯迅一生只有兩個短篇小說集兩個散文集，而且全是一九二六年以前寫的。一九八六年，有感於魯迅逝世五十周年，我寫過一篇短文〈魯迅的墳〉，裡面有這麼一段話：

馮雪峰，一位文藝戰線上的中共地下黨員回憶說：「一九二八年十二月的一天晚上，柔石

（按：左聯五烈士之一，一九三一年在上海被捕後處死）」帶我去見了魯迅先生，從此我就跟魯迅先生接近，一直到他逝世之日爲止。」

這段話透露了一條線索，魯迅的最後十年，變成了「青年導師」，實際上成了社會活動家，這就是他自己也曾不耐地控訴過被「四條漢子」之類的人物包圍的結果。同情革命的文學家與文學出身的職業革命家之間，終究有一線之隔。「青年導師」的稱號，是文學魯迅第一次被謀殺。文革期間，魯迅的政治地位更加上升，成了「文化旗手」，文學魯迅又一次被謀殺，這一次，糟踏得更徹底，以至於文革後的大陸新一代文藝青年，對魯迅幾乎棄若敝屣。

一九二六年以前的魯迅，是在正宗左派文藝理論家恨不能消滅的所謂「灰色地帶」活動的，這就是為甚麼阿Q一點無產階級氣概也沒有卻有血有肉、祥林嫂毫無反抗意識卻真正感動人的原因。

人變成了階級符號便成了死人，吳組緗的《樊家舖》，線子嫂弒母，根本違反階級道德律，卻成就了真文學。

應該稍微介紹一下吳組緗，因為台灣的讀者恐怕完全不知道他。

吳組緗一九〇八年生於安徽涇縣的一個大地主世家。一九三〇年讀清華大學中文系時發表第一篇小說，一九三五年之前出版了《西柳集》和《飯餘集》。一九四〇年在重慶寫了長篇《鴨嘴澇》（一九四六年上海重版時由老舍改名《山洪》）。他應該是三十年代最有才華的左翼作家，然而，在左派文藝批評家眼中，他不很「純」，他太「客觀」。他跟魯迅一樣，也是灰色地帶寫得最好，對話和白描功夫一流，文字簡潔有力。雖然是所謂的左派同路人，但他與馮玉祥將軍的親密關係（一九四六年馮玉祥訪美時擔任馮的私人祕書），促使他在一九四九年中共建政後不得不韜光養晦，「躲」在北京師範大學從事古典文學的研究與教學，此後一生，沒有一字創作。

我認為，吳組緗的安徽農村，是魯迅魯鎮故事的真正傳承，不僅傳承，還有創新擴大，有些篇章，如《樊家舖》，幾乎達到希臘悲劇的高度。

此外，沙汀的《航線》、《土餅》、《苦難》，多寫四川西北部的農村。艾蕪在緬甸和雲南邊境流浪時所寫的《南國之夜》、《南行記》和《夜景》，葉紫寫洞庭湖西南農村的《豐收》和《山村一夜》，羅淑的《生人妻》在婦解尚未出現的幾十年前所觀察的婦女命運，雖然今天看來也許在說故事的技巧、文字的鍛鍊和文章結構方面，彷彿程度不夠，然而，這個傳統，的確是左派無法忍受的灰色地帶傳統。

台灣在五十年代，出現過楊蔚寫的幾個短篇，很有點這種味道，他坐牢過後再寫的小說，味道就變了。除此以外，這個「灰色」傳統，在台灣幾乎失傳，除了朱西甯。

我覺得朱西甯應是這一傳統的發揚光大，雖然我知道他完全不是左派，甚至在政治立場上反共。

我所謂的「灰色傳統」應該參照我們對喬艾斯的《都柏林人》與福克納的虛構國「約克納

帕塔法郡」(Yoknapatawpha)來理解。

《都柏林人》經營創造的是一個社區，「約克納帕塔法郡」經營創造的是一個社區，朱西甯的《鐵漿》也可以視為創造人類某一特定文化社區的企圖。

所謂「灰色地帶」文學傳統的作家，都有一項天命(mission)，也許自覺，也許不自覺，他們彷彿被內心一種神賦的力量驅趕，非在地上，在他們最熟習的地上，創造一個他們情深不能自己的人類社區，一個結合了想像與現實的屬於他自己的國。

喬艾斯也許在都柏林的各種人物中看到了他所謂的「癱瘓」(paralysis)，福克納也許終生著迷於大南方鄉土世界裡的世代情仇，他們創造力的最深根源，無法解釋，只能稱之為神賦的力量。

朱西甯的祕密也在這裡，我深信，他一生最後十年埋首其中的未完成巨著《華太平家傳》，便是從《鐵漿》的不自覺走向自覺建「國」的過程。

在灰色地帶文學這個傳統中，相對於人生的荒謬與世界的冷酷，一種拒絕妥協、拒絕投降的頑固意識似乎潛藏於深底，眼光從那個深度看出來，人性的幽微處，人際關係的真假虛實複雜面，暴露出來，構成了小說風景的實質內涵，這是過去正宗左翼小說裡面欠缺的東西，也是當前流行的現代派、後現代派小說有意或無意忽視的東西。

重讀《鐵漿》不能不因此感到寂寞無比。

魯迅在《故鄉》的結尾中有一段彷佛寓言彷佛議論而且不太符合小說規則的話：

其實地上本沒有路，走的人多了，也便成了路。

安民兄重新出版《鐵漿》，大概是要先把這久已無人走的地，放在這一代或下一代的面前。我也相信，有了這塊地，便會有走路的人。

二〇〇二年九月十七日

一點心跡
——《鐵漿》代序

朱西甯

就不過是那麼一面生滿綠鏽的銅鏡，那樣的斑斑駁駁，寒磣而衰老，被棄在遺忘的年歲裡獨自戰索。

也曾照映過多少相思、恩愛，多少愁怨，照過多少繁華和蒼涼……就那麼消散了，被斑駁的銅綠封死，一攤攤散落的骨殖，鐫刻出甲骨文的地老天荒……留下些甚麼呢？胭脂的化石，淚的化石留下的便是這些，一個古老的世界，一點點的永恆；依樣照出一個矇矓的現代，和後世。

彷彿我就喜歡這一點點的永恆；在我們無所戀棧，但在陳舊裡，可能有不少的帝國故事。而我追尋的，撲捉的，又不是那些，也不可能感受得到，太遙遠了罷，然而永恆總在我們身邊；因為那昔在、今在、永在的創世主，不斷向我們展現的新象，萬不是明日便舊了的新，也萬不是另起爐灶的新。若是我們還能多看一眼那五萬萬張受難的面孔，那一千一百萬平方公里荒蕪的土地，我們便不致認可咖啡新於龍井，而高跟鞋新於適從纏足蛻變出來的天足了。那麼，在男孩子們還不曾把祖國的道路完全鋪平的時候，我們姊妹們倒不必這樣急於用高跟鞋來自瀆，來苦惱你們的情人和丈夫。我又有何理由一定要杯葛那些蛻變的新？乃至永恆的新？

而我所追尋的，撲捉的，便又彷彿只是那一點點的銅綠了。或許這都用不著表明，但總是被咖啡和高跟皮鞋們不斷的指責。儘管愚不可及，我還是「交心」了。

然而我不寂寞，與我同好同行的朋友如許之多，我們不致蒼白太久。該感謝的是我，不是讀者朋友——我將永遠緊記住他們，就不寫出那些可敬的名字了。

一九六三・一〇・二四・台北

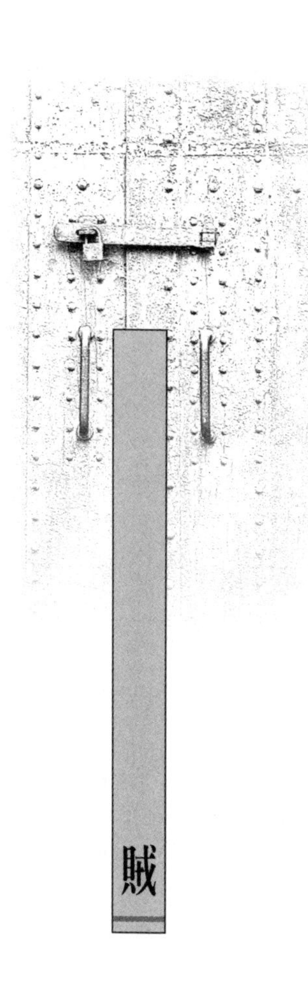
賊

我們的村子上——或者把附近的村落一起算在內，只姓沙的一家才有瓦房。大家提到沙家，不說沙家，都說「瓦房家」。

瓦房家這幾天出了事情；瓦房家三姑娘陪嫁的首飾讓誰偷去一副金鐲。放在我們鄉下，這是件大事。他們家大小七八個夥計都被弄得不明不白；頂惹疑的，聽說是魯大個兒同狄三。幾天前他們倆在那位三姑娘房裡粉刷了一整天的牆壁。

光是鬧嚷嚷的，總抄不出賊贓，瓦房家只有設法請人來圓光。

這天過午，狄三來我們家打藥的時候，我爹可正在逼著我背「湯頭歌訣」給他聽。我算是得到大赦了——

我爹把銅框老花鏡推到額頭上，走過去給狄三抓藥。

「我說，你還能拖？」爹責備狄三，但不像對我那樣瞪眼睛。「不輕啊，你娘那個病！」

「都是大先生……你老……行好積德，」狄三也像我背書那樣，張口結舌的：「我們……這樣人家，哪兒請得起先生？抓得起藥？」

「你還是不知道的？眞是！我開這個小藥鋪，是靠它吃喝啦？還是靠它發財啦？」

爹戥著藥，喊我過去包藥包。爹就一路數說狄三不該把他娘的病耽誤成那樣子。還有他那一大窩孩子，差不多個個害上痞塊；薑黃精瘦，挺著大肚子，使人弄不清全村子的糧食都讓他們一家吃了，還是他們一家的糧食都讓別人吃了。

「都帶來給我看，」我爹對誰都是一派老長輩的口氣：「上面老的生了你，下面小的你生的。你那樣，不怕造罪，嗯？儘管帶來看。放心，又不收你藥錢。」

要不是我爹聽說狄老奶奶不行了，家裡正預備辦後事，才忙著跑去看望，又下針，又開方子，也許狄老奶奶兩天前就裝棺成殮了。

「入秋，病家多，到處跑得我板凳坐不暖。村上出了事，我都沒法照顧周全，你們有個甚麼，也得來找我才行，不是嗎？」

接著，我爹就問起瓦房家的事情。

「唉，也弄不清到底是誰。」狄三望著我包藥。

「你家也捱抄了不是？」

「抄了。」

我才發現狄三的眼皮怎麼會那樣長，眼睛老望著下面，日子過得很喪氣的樣子。他那件披在身上千補百衲的單褂子差不多成了件袷襖。永遠是那一件，背後一大塊洋麵口袋布，斜斜一排洗不掉的外國字。

「我說，人太老實了，也甚麼……」爹坐到一旁抽他的水菸：「馬馴讓人騎，人善讓人欺。人不宜太老實。」

「聽說魯大個兒也弄得不明不白？」爹吹著紙媒子。「他們瓦房家也太欠厚道了。不能說丟了首飾，把誰都疑猜上。魯大個兒不是那種人。」

爹又問狄三，瓦房家請人來圓光的事。那是我們孩子頂熱心巴望的，聽說圓光時要找十歲以下童男子去看道士鏡，能看到是誰偷了東西，是怎樣偷的。我想我會有一份兒。

有沒有請到圓光道士，狄三含含糊糊說他不清楚。他只知道瓦房家大奶奶和老二房老爺一大清早又騎著牲口分頭到甚麼地方去請道士了。

反正村子上有一場熱鬧可看，當然那個賊頂好是魯大個兒。那傢伙，我們這一夥孩子都恨死他。魯大個兒是瓦房家種瓜果園的夥計，我們沒有哪一個偷瓜果沒被他捉住過。只要被他捉住，永遠是用那一塊擦毛桃的破布抹我們脖子，把人刺癢得躲到一旁抓紅了脖子。哪怕是抓爛了肉，誰也不敢跟家裡的大人聲張。果眞是他偷了瓦房家的金鐲，我們就能看到這個大仇人被吊到樹上捱揍了——我們村子上是這個規矩——或許他偷的是値錢東西，一定揍得更狠。

快天黑的時候，我們一夥孩子躲到村北桑園裡挖土窯，點火燻柿子吃。隔著一片枯黃棒子田，我們就看到通往北河灘的路上，瓦房家大奶奶從甚麼地方回來了，後面有個梳高髻的道士。下半身被棒子棵擋住，只看得到他們肚子前面，露出騾子腦袋，一聳一聳的。我們柿子也不吃，趕忙兜幾堆土，把火埋掉，跑去看圓光。

那道士在瓦房家客屋裡，門從裡面插上，就猜不出在做甚麼，也聽不見動靜，有一股股鴉片煙的味道傳出來。可以放心的，那是我們認定裡面並沒有甚麼童男子，不會就開始了圓光。我們當作同瓦房家幾個小子玩得很興頭（平時就不是這樣），好讓我們不失去看道士鏡的份兒。

他們家第三道院子正中央，由大奶奶支使兩個夥計動手支搭爐灶。除非辦喜喪事，沒有誰家需要現支鍋灶，就打賭那一定是圓光用的。

偌大的院子，彷彿清早的集市，慢慢的上人了。我們就揀貼近鍋灶的地方，坐在地上，防備別人占了去。

沒有哪一次看熱鬧比現在更使我安心，我爹被人請到六里外的盧集去看病，不到半夜回不來。

「小孩子都給我滾開！」不得人心的魯大個兒，從甚麼地方搬來一口罈子，很沉很沉的。只見他脹粗了脖子，兩腿叉開，一路吆喝著，歪歪踫踫衝過來，我們要不是害怕被他牯牛蹄子一樣的大腳板踩到，才不讓他的路呢。

當然我們巴望待會兒就能看到他被吊到樹上去。

那罈子裡裝的甚麼，一點也猜不出。我們唆使著，想讓誰去看看。可魯大個兒站在那兒，沒有誰敢去碰釘子。後來就硬派康大五的兄弟去——他頂小，他想我們帶他一起玩，就得叫他幹甚麼，他就幹甚麼。

候魯大個兒走開，康大五的小兄弟才偷偷爬過去，嗅那個用豬尿泡紮緊的罈口兒。可是他爬回來，甚麼也不知道。

瓦房家幾個老少爺子引著道士過來。院子裡擠滿了人，連鄰村的也趕來了。道士穿一身柿黃道袍，腰裡佩一支綠鞘寶劍，頭髮披散在肩膀上。我們就像坐在廟會的戲台底下那麼快樂，一心等著開鑼。

那道士操著外鄉口音，吩咐夥計們引火，把罈子啓封，兩三個人抬起，黃亮亮的甚麼，倒進三十二寸的大鍋裡——油腥味兒出來了，我們直相信那是要炸油條的了。

後面看熱鬧的起始往前推擠，我們幾個站起來，拉緊手，防備他們擠到我們前頭。有人說這不是圓光，又有人說當然是圓光，油鍋是炸賊用的——說的人神色平常，我們就不以爲那個可靠了。但那麼一口大鍋，盛滿了油，下邊大塊的木柴燒火，除掉炸油條，我們猜不出會有甚麼用。

瓦房家的老少男女——連那個就要出閣的三姑娘也在內——同所有的夥計，圍著香案全部排齊了，眞像新娘子拜天地一樣。

道士開始作法；蹦蹦縱縱的，一面唱著，生了點兒瘋病似的。天已經黑透，香案上五斤一副的大蠟燭噗突噗突跳著火焰，還有灶下的烈火，把半個家院都照紅了。道士披頭散髮的，左一拜，右一拜，繞著香案和油鍋，一圈又一圈的蹦跳。寶劍尖頭上挑著紙符。口裡唸的咒，我們一個字兒也不要想聽得懂。道士不時把寶劍伸到蠟燭上燒符，把紙灰投進油鍋裡頭。他停在香案前燒符時，能看到他有一張黑黃臉子，兩腮陷下去，像在吸甚麼，眼尾上黏著白眼屎，似乎才睡醒，讓人瞧著眞想替他打呵欠。

我們背後又有人說，過了一會兒，道士就可以把那副金鐲施法拘回來。那眞叫人沒法相信。我瞪大眼睛望著漆黑的天上，希望不要錯過——待那副金鐲從空中偷偷落下來時，說不定只有我一個人看得見；別人都被障眼法誑過。

「咱們猜猜好不好？」康大五偷偷說：「猜猜誰是賊，誰猜對，贏那一窯柿子。」

我們數著瓦房家的老少夥計們，一個個猜測。看樣子，那道士似乎非把高高的一大疊黃裱紙燒完，不要想把金鐲拘得回來。

猜是魯大個兒的頂多，也有猜狄三的，只有我咬定非是瓦房家的少老二不可——我爹說過，那些大煙鬼子甚麼歹事都幹得出。自然我寧可失去那一窯柿子，也願意會是魯大個兒。隔著油鍋，我偷瞧著魯大個兒，脖子上似還黏著毛桃粉子那樣不舒坦。灶下火光把他那張大臉膛映得一陣紅，一陣黑，彷彿眞就是做賊心虛的那種臉色。

道士把紙符燒完，卻不像就結束了。道士放下寶劍，從香案上拿起一只白瓷小瓶子，翹起蘭花指捏著，又繞圈子唸咒，另一隻手一把一把往空中抓仙氣，往瓶口兒裡送。直到他認爲仙氣裝滿了，這才立到香案前面，敲打案上那九面鏜鑼，揮動寶劍，一面跳跳蹦蹦的，用平平的調子大聲唱起來。這一次大家都聽得懂了。

——我奉太上老君旨，不伏魔來不降妖，只為活捉拘贓行天道。

咚咚鏜，咚咚鏜。

是神歸天庭，是鬼歸墳塋，是人聽我貧道說分明。

咚咚鏜，鏜咚鏜。

大火燒，油鍋滾，仙瓶內有龍虎丹，分開好人與歹人。

咚咚鏜，鏜咚鏜。

道士唱著，一面把瓶子裡的白粉末傾倒油鍋裡。

——好人下手油鍋裡，不傷汗毛只一根。

咚咚咚，鏜鏜鏜。

歹人下手油鍋裡，管叫你立時皮開肉綻痛到心！疼三天，叫三夜，熱毒攻心命歸陰！

咚咚鏜，咚咚鏜。

道士唱完，立時顯出他是一個人了；抹著汗，一副清醒明白的樣子，剛才瘋瘋邪邪的那個作法的，彷彿不是他。

大鍋裡的油開始沸騰了，金黃色泡沫一股勁兒往上泛。在場的人，卻有些神色不定似的，好像到最後，說不定在場的都得下手進去，不止瓦房家的老小和夥計們。

道士掄起寶劍，第一個就指到瓦房家的大奶奶。

我們都知道，她是三姑娘的娘，怎樣也不會偷她女兒陪嫁的首飾。但那一大鍋的滾油，眞不能讓人相信那隻白白鬆鬆的手臂插進去，能一根汗毛也不傷。

大奶奶把她那寬肥的袖子摟到肩膀上，露出胳肢窩裡一叢黑毛，我才第一次知道，不光是男子漢才有那個。她走到鍋灶那裡，臨時又想起把膀彎上一只翡翠鐲褪下來，交給她三女兒——後者那份驚惶的樣子，人會以爲她偷去自己的金鐲子。

預計著，滾油碰到鮮肉的崩炸聲——誰能相信那個道士的妖法呢——但一點也沒有，那手指觸到滾油的一刻，大奶奶似乎抖了一下，隨即慢慢插進去，直到臂彎上面。

要不是親眼見到，就不能信了。大家夥兒舒上一口氣，彷彿各自慶幸沒被燙到一樣。可是正在這時，那個道士突然大叫一聲。那是他發現魯大個兒偷偷的往一旁挪動。他吩咐所有在場的，不管是誰，一律不准動，誰動，誰就是賊。

我們眞相信，魯大個兒一定想逃走，要不他幹麼要挪動？我們互相擠擠眼睛，我再一遍跟自己說，我寧願失去那一窯柿子。

大奶奶懸起她的胳臂走回她原來的地方，咧著嘴笑。接著道士把寶劍揚起，指到老三房的大媳婦、燒飯的鎖子娘，都像大奶奶一樣，一個個把手伸進滾開的油鍋裡，把大家的眼睛都看直了。漸漸我們把好奇的心移到另一邊；倒盼著快些看到一隻手伸下去，人立刻叫起來，胳臂上盡是土豆一般大的水泡。可是接著一個一個被點到，每一個走近油鍋，就有人私下裡說：「瞧，這傢伙臉色不正！」結果卻還是像道士唱的，不傷汗毛只一根。我可奇怪，那寶劍怎不快指到魯大個兒？

就在寶劍指到狄三的瞬間，事情發生了。

狄三的臉色很難看，我可不願意等上這許久，想等著看那個要吊到樹上的賊，倒是這樣一個全家都是病鬼的窮傢伙。在我還沒有看清楚狄三到底怎樣了，人們卻一下子叫嚣著大亂起來。我們被衝散了，夾在擁擠奔動的大人當中，烏黑一片，甚麼也看不見，只聽得婦人叫，孩子哭，一些人喊著：「捉賊啊！攔著！不要讓他跑掉！」我被兩個漢子擠在中間往前移動，兩隻腳可以提起來，不著地。我想；狄三大約是逃了，居然他是賊。

可憐的狄三！幹麼要做賊呢？瓦房家這樣深的門戶他逃得掉嗎？他怎麼不害怕會吊到樹上打個半死？他會被瓦房家辭掉長工的，那還有誰給他田種？我一直讓兩腳懸空，隨著人窩移動來，移動去。只因憐惜狄三，我覺著做賊似又不是一件頂壞的事，倒願意他能夠逃掉。但從嘈雜的喧鬧中，我知道賊已經被捉住了。人們起始往瓦房家大門的方向推擠，倒楣的康大五，一隻鞋子擠掉了，哭著找鞋子。

擠出瓦房家大門，立時我看到在打麥場的西南角上，人們簇擁在一棵老槐樹下，兩三枝火把晃動著，有一只大紅燈籠從瓦房家提出來。打麥場上許多人奮勇的大步大步往那裡跑。

在亂鬨鬨的人叢外面，我焦灼的轉過來，轉過去，尋找可以拱進去的隙縫。自然我希望踮起足尖就能夠看到甚麼。

從人叢中央甩上一根粗繩，掛到老槐樹橫伸的枝榜上。發現這個，我有些急了，開始從大人們腿襠底下一層一層往裡鑽，幾乎沒有把腦袋擠扁，擠得爆開來。

中央的空地上，火把落著碎火碴，也不夠亮，我還不能一下子就看出那幾個壯漢在打架還是做甚麼，魯大個兒也夾在裡面拚命，這類場合少不了這個壞東西的。地上塵土揚起，裹著馬糞臭，迎面撲到臉上，我還在被大人們排擠著，一時穩不住自己。等到急急的把迷住的眼睛揉清楚，身體也站直了，那個賊已經正向樹上吊，繩索綳得緊緊的往上拉，磨著粗糙的樹皮，嗤

——嗤——嗤——響著。但那不是狄三，他沒有那樣長的身子，沒有那樣赤裸著的又寬又肥厚的背。我眞不信那竟是魯大個兒——對一個恨到骨頭裡的大仇人，單聽他腳步聲，就會感到脖子如針扎一樣的刺鬧，自然一眼就認得出，錯不了，儘管這時他是背向著這面，上半身又被吊得走了形。

我倒忘掉爲這個快活，反而只想弄清楚怎麼不是狄三，倒是魯大個兒。

那是一根捆麥車用的粗纜繩，上面木鉤也沒有解去，雙股從枝椏繞過去，一個看坡的和一個夥計，半蹲著拉住繩端，這一頭就綁在魯大個兒雙腕上，把他懸空吊起。一對粗胳臂往上拉直了，腦袋擠到前面，垂在胸脯上。肩胛骨就從胳肢窩那一片濃黑的腋毛下面反著凸突上來，皮肉被撐得出奇的慘白，像是裡面的骨骼隨時會刺將出來。

瓦房家老二房老爺把手裡的馬鞭子照空來去揮了兩下，不知是甚麼意思，響聲像唿哨那樣尖厲。火把照在他那張奇長的瘦臉上，一對眼睛顯出睏倦的樣子，又像是笑瞇瞇的，低頭瞧著手裡扳彎成弧弓的馬鞭，彷彿有點害羞不好意思下手。但那張臉像忽從夢裡醒轉來似的，眉毛一提，眼睛翻上去，神色陡然不同了；火把跳著火焰，瘦長臉上的皮肉和五官也似乎跟著扭曲，讓人沒辦法說得定他是樂成那樣子，還是氣成那樣子。馬鞭揚上去，一下算一下的，扎扎實實打到那肥厚的光脊梁上，胸脯上。不知爲甚麼，那抽打的舉動平平常常的，顯不出是打在一個大漢子身上，使人想到正月裡趕廟會的大鼓手，埋著頭；卜隆通！卜隆通！四周繞著看熱鬧的，恨不能把大鼓擂個通。

魯大個兒懸空吊著的身子被打得直轉，好像有意讓周圍都能看得到他的周身上下，再不就是他本人要看看到底是哪些人圍住在他的四周。不過憑良心說，魯大個兒甚麼都沒有看，眼睛閉上，隨著一鞭打下去，就緊緊擠一下，臉上的橫肉也跟著歪扭。他做了賊，還裝硬漢子呢，怎樣抽打也不哼一聲。

人們罵他，婦人吐唾沫到他身上，我想起口袋裡還有留做打彈弓的一大把楝棗，就掏出來，專等他轉到臉向這面，扔過去打他的大卵泡。大人們這麼快活，自然不像我們這些孩子，只爲將來偷瓜果得手一些。我看他們沾沾自喜的樣子，倒是因爲眼前有個賊吊在這兒，他們自己不清白也顯得清白了。

魯大個兒似乎開始受不住，拚命想把腦袋仰一仰，可怎樣也仰不上去，兩隻胳臂緊緊夾在腦後。他扭著身子用勁，想能彎起沒有血色的胳臂。繩索以上的一雙手，已經勒得瘀血，紅裡透黑。在他這樣掙命似的扭動時，只見他腦袋一下子垂下來，再也不動了。人們大笑著，說他是裝死的。但我看，他是死了，待那個夥計和看坡的把繩子鬆開，讓他那樣重摔到地上的時候，人可一動也不動了。他這麼粗壯的身架都經不住吊打，如果換上狄三，眞不知是甚麼情景了。

我這才發現斜對面的康大五，眞說得上是看熱鬧的，熱得把褂子都脫掉了，在那兒抓癢，肋巴上盡是黑黑的乾疥瘡。我彎腰跑過去，像同他分手多久了似的。

他們可正在用火把去燒魯大個兒的胳臂，想把他燒醒。

「看他還當不當瓦房家的孝子！」康大五一笑起來，眼睛便瞇成一條縫，「他把那些瓜果當作親爹一樣，是罷？」

「瓦房家要撵他開腿了。」

「一定。」他把褂子披上。「你說，那個老道有鬼吧！滾開滾開一大鍋油，怎不燙手呢？」

「誰曉道——一定有鬼。」

不一刻，魯大個兒讓火把燒醒了，很慘很慘像狼嗥一樣的喊出一聲娘。那樣大的人喊娘，逗得大夥兒又笑了。我倒覺得不怎麼可笑，原想把口袋裡的棟棗分出一半給康大五，告訴他待會兒魯大個兒再吊起來，打他甚麼地方。但又覺得有些不忍心，就沒有掏給康大五。

他們沒有馬上吊他，開始審他把金鐲放在哪兒。

「放在……」審問好久，他喘著，才迷迷糊糊吐出一點話語：「我不曉道……給我口水……」

「說出來，說出來給你水喝。」

我想，他縱是還記得金鐲下落，怕也沒力氣說出口了。「那麼個橫大豎粗的個子，軟癱成那樣子，讓誰也信不過，不是假裝才怪！」大家夥兒都那麼議論。我不知道這些人心是甚麼做的，為甚麼這麼硬。就有人帶著和解的神氣出來說話：「大個子，招了吧！招出來，少吃多少苦。」也有人提議不如用火把燎他胳肢窩兒，一燎就會供出贓來。瓦房家採用了火攻。那使人想起肉肉活活的蟲豸怎樣被螞蟻螫咬的樣子，肥壯的身軀滾著扭著，像是地面這麼大，竟沒一塊地方供他安靜的躺一刻。

他受不住火刑，招供他賭錢輸掉了，輸給鎮上寶局子裡一個做粉條買賣的外鄉人。我們所想的外鄉人，要不是跑馬賣解耍把戲的，就該是專拐小孩子賣給人燒黑窯的騙子。看熱鬧的都責罵他糊塗、窩囊，似乎他們都很懊悔、惋惜，要是他們偷得那副首飾，就不像魯大個兒這樣輕率送人了，又是個外鄉人。

「給我吊起來！」瓦房家少二老爺（那個鴉片鬼子）大喝了一聲。他把馬鞭子接過去：「二大爺，我來，你歇會兒！」

這一次吊他魯大個兒，許不是爲著逼供，是要出口氣了。繩索往上拉，擦下紛紛的乾樹皮。他的身子由躺著，而盤坐起來，而跪著打著轉，慢慢拉直了……光赤的胸脯上、背脊上，都黏滿沙塵，血絡把敷上去的沙塵濕出一條條黑痕。這時外層卻有人嚷著：

「大先生來啦！大先生來啦！」

那是我爹看病回來了——鄉下有兩種人是公稱的先生，一是教私塾的，一是給人看病的。我爹兩樣都是，又是地方上有臉面的，大家就都稱呼他「大先生」。

我爹就是這麼掃興，怎樣的熱鬧，只要他一到，就算收場了。我連忙把康大五披在身上的褂子扯過來，蒙著頭，只留出一條縫。如果爹發現我三更半夜還待在這兒，他就要當場兌現，不必等著回家再用他那枝當作手杖用的長菸袋磕我腦袋瓜兒了。

「我說，這是怎麼啦，老二？」我爹接過火把，照照吊著的漢子，認了一下：「魯大個兒嗎？這不是？」

大家夥兒能夠搆得上的，都爭著告訴我爹，怎麼長，怎麼短，連瓦房家的人在內，那樣齊喳喳的，像村南樺樹林子裡上宿的那些歸鴉，我爹聽著，一面扳轉魯大個兒黏滿沙塵的赤膊，察看上面的傷處。他那種稀鬆平常的樣子，彷彿是停在豬肉案子前面，瞧那肉夠不夠膘。然後他向瓦房家老二房老爺說道：「我說，老二，行啦，成這個樣兒，也不好再下手了。首飾逼不出來啦？」

「逼個屁！」瓦房家老二房老爺眼睛紅紅的，想要哭一通似的。

「算啦！財去人安樂，你沙府上也不在乎那丁點兒金銀。我說，鬧出人命，也是場官司。」

「我償他狗命！」紅眼睛老頭狠狠捲著袖子，照地上叭兒的吐口痰：「個狗雜種！我待他不薄啊！」

「我說，老二，犯不上人同狗鬥，認他是條狗得了。」我爹轉過去拍拍魯大個兒光脊梁：「大個兒，你不是挺剛直的漢子？怎著也幹起這門糊塗事兒？——我說，夥計，繩子鬆了罷！」

眞像一條死狗，繩索放鬆了，他摔下來，直挺挺躺在地上。

「要緊，三丫頭喜期太緊。」紅眼睛老兒好像和緩了一些：「現打一副也來不及。個狗雜種！他這麼坑人！」

「得！你們倆親家這等門戶，哪兒就爭那副鐲子啦？五個指頭有長短，事事哪能都遂心？閉隻眼兒就過去了。」我爹用他那枝長菸袋指使著：「來來來，你們過來兩個，幫著把這小子架著跟我來，給敷點藥兒。」

應該是我拔腿的時候了。我鑽進人叢裡，再把褂子塞回去，還給康大五。我總要先一步跑回家才行。

我們家也是深宅大院，甚麼樣的熱鬧，都不興拋頭露面趕去看。我一闖進家門，就大聲喊著，告訴他們，我爹把魯大個兒帶回來了——想用這個逃掉或減輕捱罵。但我還不肯甘心，第一個想到的，是藥櫥下面的排櫃。那裡經常空著，碰巧放一兩捲包藥紙進去，一直都是藏夢夢玩兒最好藏身的地方，櫃門上有個木結，脫掉了，足有鴿蛋那樣大小的一個洞洞。那是個好所在，我摸著黑，躲進去等著。一面打算明兒等爹出門看病，約康大五他們去瓦房家瓜園偷棗子，魯大個兒再別想還在那兒守園子了。

屋裡依稀透進一點兒亮光，慢慢的和嘈雜聲音一起強起來。眾人持著火把和燈籠，把魯大個兒架進來，安放到一張條凳上。只見他披著一件破褂子，那是狄三的，那片帶著外國字的洋麵口袋補靪歪在肩膀上。他把腦袋迎到後面，喘哮著，好像脖子斷了一樣，嘴巴上掛著白沫。

我爹好久才進來，把大家都請回去了，招呼家裡的夥計去槓門。但我爹沒有把狄三趕走，他自己把藥屋的門閂上，只有三個人留在這裡，除掉我不算。

我偷偷把左腿收起，伸出蜷痠了的右腿，換一隻眼睛瞧。

我爹讓狄三一旁掌燈照著，他一頭驗傷，一頭數說魯大個兒。聽我爹那口氣，好像他姓魯的原本是個好漢子，可惜只這一件事情做錯了。

我爹背向著我這邊，算是把魯大個兒完全遮住了。我只有望著土牆上的影子——那是魯大個兒的，燈焰上下跳動，使那個影子老打哆嗦，像冷成那個樣子，又像疼成那個樣子。

「狄三。」我爹問道：「你有甚麼要說的？」

我望著土牆上那個影子，只能聽到魯大個兒粗聲喘著。狄三怎麼不作聲呢？我怎樣調轉，也沒有法子從這個小洞裡，除掉他的一雙腿，還能窺見他別的部分。可是土牆上的影子忽然拉長了，直伸到屋頂上。魯大個兒本人卻仍坐著，一動也沒動，我爹偏過一點身子，把那張帶著鞭痕的臉子讓出來。不由人，我打上一個寒顫；燈光從下面照上去，使他像一具水裡打撈出的淹死鬼——又肥又腫的下巴頦、上唇和顴骨。眼睛和鼻梁卻是下陷的黑窟窿。這才使我發現狄三直直跪在那裡，油燈擺在地上。他抱住魯大個兒大腿，抖動著肩膀，聽那聲音是笑的，但我知道他是哭了。

許久，我聽見我爹問他：「怎麼啦，你這是——？」

狄三像是連說帶笑似的，說了一大串，我卻聽不清一句。

「怎麼？你倆——勾結著幹的。」我爹問道。

「不！大個兒沒有，大先生。大個兒替我受了苦。」

「有這等事？」我爹道：「大個兒，有這等事？」

魯大個兒的下巴抖動著，他想說甚麼，但是甚麼也沒有說，腦袋又仰到後面去喘了。

「我說，狄三，你怎麼糊塗到這個地步！」我爹頓著足：「你不想活了是吧？」

「大先生，人——誰不想活？可我那一大窩兒，老的老，小的小，病的病。老婆沒死，我還有個幫手。如今，一大窩兒六張嘴，都齦我。我種莊稼不是沒賣力氣，我做甚麼也沒有偷過懶，可我一家人，吃沒吃的，穿沒穿的，老母親只剩一口氣挺在那兒抽呼，叫我到哪兒去辦棺木壽衣？不能讓她老人家精著來，光著去。打算跟老闆借點兒印子錢，周轉一下。老闆開口要押頭。我那一堆破鍋爛灶，押給誰？誰個要？」

「這就偷？」我爹道：「人窮不能志短，狄三！你不來找大先生給你想法子？」

「只怨我一時糊塗。大先生，大個兒，你們要打就打，要罵就罵，殺了我，我也沒怨。」

狄三甩著鼻涕抽搭。

「大個兒，我沒看錯你，好漢子！」我看見我爹豎起大拇指。那上面戴著漢玉斑玨。

「不談了，大先生。」魯大個兒揉著胸口，垂下頭望著狄三：「你去……去把我的鋪蓋捲弄來，我也沒別的東西了。」

「瞎說，你打算到哪兒去？」

「還有，請鎖子娘做的一雙布鞋，勞你問問。要還沒做好，就算了。」他不理會誰，自管囑託狄三。

「你怎麼能走？」狄三揉著眼睛：「你這個樣兒，到哪兒去？」

「別忙，住我這兒調養兩天再說。」我爹說：「狄三，你回家去吧！事情我都明白了。」

「不了，我走，天不亮我就走，總要做得像。」

「瞎說！調養兩天。」

魯大個兒執拗的搖著頭。我爹似乎愣了一會兒，走開了。接著是抽拉藥屜聲。

「大個兒，你叫我怎說去……」

「還說甚麼，事到如今啦！」我爹在另一個屋角裡推動鐵藥碾。「我說狄三，你差勁兒！做了歹事，敢做不敢當，差勁兒！」

「大先生，狄三再不是人，總不能做了歹事，推到別人頭上。天下沒大個兒這麼講義氣的，不等我招認，他就拔腿跑開了。」

「人家把大個兒抓住了，你總還該站出來招認哪！」我爹碾著藥粉：「你躲到哪兒去啦？啊！說你差勁兒，說錯啦？」

狄三就不作聲了，他甚麼時候立起的，甚麼時候端著燈走過去給我爹照亮兒的，我都不知道。從小洞孔往外窺望，再吃力也沒有了，我只得憑著耳朵聽。

「那也行，」我爹仍在碾藥。「要非走不可，我也不多留你。明兒天亮前，咱們一人一頭牲口到盧集去，你就到我家姑爹家去，他那兒要人用。」

「大個兒，就照大先生這麼安排吧！」

「行。」魯大個兒聲音嘶啞的低聲說：「我是光棍兒一條，無牽無掛，到哪兒也都苦得一口飯吃。」

我勉強張開就要打瞌睡的眼睛，從小洞裡望了望，心裡泛起將要睡去的那種迷糊。直到我彷彿聽見魯大個兒說，那一鍋沸騰的滾油原是假的，才又清醒了一下。

「沒燒上兩袋菸工夫，就滾了，能是眞的嗎？」我聽見魯大個兒在另一個角落裡幽幽的說話，偶爾透出一兩聲呻吟。大約是我爹在給他敷藥。

「也或許是。把胳臂抬高一點。」我爹說：「也或許是放進發粉甚麼了。」

我直起耳朵聽，一面偷偷揉搓著麻得像木頭似的腳鴨巴，有點後悔不該躲在這兒，弄得一時出不去。

「我就深怕他嚇糊塗了，想挪過去告訴他，只管插手油鍋裡，不怕。」魯大個兒依舊幽幽的說：「沒等我挪動一下，就讓老道士喝住了，有甚麼法？該我要吃這場苦頭。」

「我該死！該死！……」不知狄三打自己甚麼地方，叭啦叭啦的，要不是摑腦門，就是摑自己耳光了。

那鍋滾油原來是假的？我迷迷糊糊的想著，腦袋也像腿腳一樣的麻了似的。最後，似乎我只聽見我爹隱隱約約的說：

「這種冤枉事，眞該甚麼……」

別的我不再知道甚麼了。

一九五九・九・鳳山

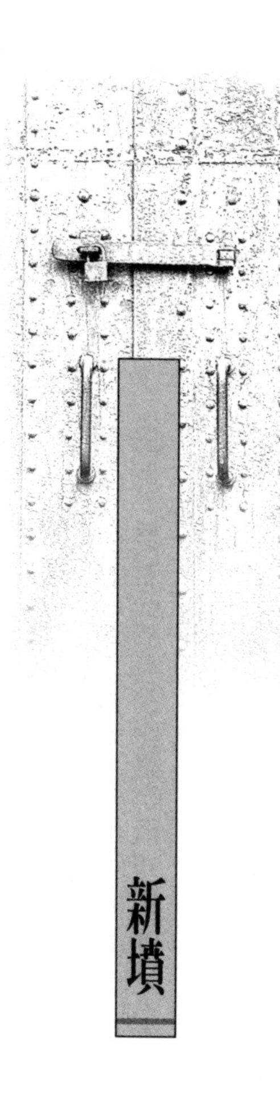

新墳

秋風像把剪刀，剪得到處都是簌簌落葉。

月亮底下，一排三座墳，靠西的一座還沒有長草，土色也是新鮮的赭黃，沒經過多少風吹太陽曬的新墳總是那樣，在月光下也看得出。

「我說，他二叔！」黎老五蹲踞在大風吹倒的榆樹幹上，因爲有風，聲音從另一個方向傳了過來。「你還是跟我回去。涼月當頂了，天到多早晚啦？」

仰臉望上去，浮雲結成綿羊群，月亮在羊群裡飛跑，照那樣快法兒，不用一頓飯的工夫就該落下去。

月亮也不圓，也不扁，跟大豆一個形狀。今年大豆是歉收了。

「知母三錢、生石決明五錢、麥冬四錢、生石膏……」

被喊作「他二叔」的能爺，蹲在新墳前面，嘴裡咕噥著。孝衣在月光下面勉強可以說是白色的，其實那倒像是黑衣服洗褪了色，說是淡灰倒還合適些。居母喪實打實滿服不上四年，又逢上喪妻，舊孝衣又從樟木箱底翻出來。能爺有些兒懊悔沒聽老婆的話，母喪滿服時就該買二兩洋青染染，改件棉襖面兒，可偏留了下來。

「忌諱總得要避避，不講忌諱就碰上了霉運。」

說不定老婆就是死在這個沒避避忌諱上頭，因爲要說他這次又開走了藥方，他死也不能認帳。

「方子沒錯兒，老五。二順他娘就是還陽，從頭再害這個病，我還是這帖方子：生石決明五錢、知母三錢……」

「誰又說你錯了？誰說了？淨你自個兒鬱鬱魘魘的！」老五是能爺的家門弟兄，同一個高祖，黎家一族人撐門頂戶都指靠這位老五。

「跟我回去罷！二順兒讓他五大娘抱去了，家裡連個看門的也沒，淨在這兒鬱個甚麼勁兒？往後日子長遠著，難過，也不是今天能難過完了的。」

能爺難過還在其次，不服氣是眞的。「我啊！吃虧就吃在不是神農爺，有他額蓋上那隻眼睛，我早成神醫了！」

都是那麼說法，神農氏嘗百草，全靠比常人多出的那隻眼睛。可是能爺就是現有的兩隻眼睛也不頂事兒，紅赤赤爛糟糟的，整年整月瓜皮帽沿下夾著塊硬紙片兒。眼睛要不這麼遮住陰，就受不了一點兒亮光。這一對風火老痧眼已經是老症了，見風流淚，上火就跟瞎子差不多。

「神農爺，不是天地造化，哼！……」能爺手從敞著懷的孝服領口伸進去，摸索甚麼，腳步慢吞吞移過來。

「給你火。」老五把抽得正旺的長菸袋伸過去，滿以爲他這個二迷糊有意回家了。晌午出棺時現買的一條大粉包紙菸捲兒，一個抬槓的一包，還該剩下兩包，這會子該拿出來哥兒倆抽抽了。大粉包沒老旱菸絲過勁兒，卻是噴香的。

「也行，你給我點上火紙媒兒，照個亮。」能爺從懷裡掏出來的很使老五失望，不是大粉包，是一本木刻版大字的驗方新編，就著月光亮，模模糊糊將就著看得見字兒。

老五火了，「回去！家裡丟著一大堆活兒，牲口等著上料，我可沒那麼多閒工夫！」如果驗方新編同大粉包一齊掏出來，或許老五並不是一點商量餘地也沒有的。老五從榆樹幹上跳下來，決絕地甩了甩胳臂：「你就在這兒啃你的藥書罷！你別回家了！」

能爺確是在啃書，眼力不濟，臉埋在書本裡面：「你說，老五，生石膏這藥下得可有差錯？」他一頁頁翻著：「四兩，要說分量下重了，抹脖子我也服不過。還有，他五大爺……嗯？他娘的×，查不到啦？」眼前一陣子暗，他抬頭望望天，月亮躲到浮雲後面去了，樹梢搖動著。他這才發現老五沒了，榆樹幹上是空的。

「眞是！旁人不聽我的，也還罷了……」能爺垂下手來，手裡的藥書打了打大腿，咕嘰著：「去年麥口兒，不是我，你那條紫毛老牛早讓哈回子拉去宰了，還活到今兒給你使喚？」

去年正逢麥子農忙當口，老五家裡那條老牛病倒了，肚子脹得磨桶那麼大，一連三四天，尿屎不下，草料沃水硬灌也灌不進。就那樣，老五拚著七成出手，賣給人宰，也不聽他的。等老五去找殺牛的哈回子，能爺趁空兒把一大捧蜂蠟包上麻葉，頂著牛屁股塞進去。牛肚子裡熱得開鍋水那麼燙，整個胳臂插進去，抽出來，滿胳臂的黑牛糞，惹人噁心，病就在那上面。老牛沒等掉轉兩下屁股，當場就拉了一攤疙疙瘩瘩帶稀的。能爺連忙趕回家，留做種兒的蘿蔔種掛在屋簷底下，扯下來，煮了一籠盆的水，涼了涼，老牛沒用硬灌，一口氣喝個乾淨。老牛病好了，能爺的胳臂卻中了熱毒。到了下霜的天氣，還一隻光膀子留在棉襖外頭，上面生滿了紅包包，鼓膿。大黃、冰片、樟腦、獾狗油，也不知抹了多少，過立冬才乾疤兒。

老五這樣不知好歹，他不難過。能在那條紫毛老牛身上亮那一手，反過來他得感激老五。能爺頂難過的倒是家邦親鄰沒一個拿他看病的本領當回事兒，轉過來還罵他招了鬼迷，得了毛病寧可請道姑、求香灰、喝符水，弄得不好，把性命送掉，還說閻王爺要哪個，誰也攔不住。

別人都說他入迷，入迷就入迷罷。要是十里外也會有人來請能爺看病，他會心甘情願騎上自家小毛驢兒，封禮一文不收，就是倒貼藥錢，也行。可別說十里外，家鄰邊兒的連他這位家門老五也不吃他這一套醫道。能爺除掉遺憾自己沒生神農爺那三隻眼睛，主要還怪時運不濟，老婆孩子都把命送掉了，使他一次一次栽跟頭，這是命，頂拗不過的。

樹林裡，井崖那邊還有人在打水。洋油箱子改裝的水桶量兒碰在井口的青盤石上，發出破爛的響聲，大概那樣的一只水桶提到井口，水也該漏光了。

「還沒勸回來，五爺？」打水的人打著招呼。

「不聽！怎麼勸也不聽。」

黎老五才走到井崖那邊。那麼慢?!大約是留在高粱稭垛背後等著轉機。勸不回能爺，似乎跟誰都交代不過去。

老五說「不聽」，是誰不聽誰的呢？能爺把老五當作知心的親手足看待，才拿出驗方新編，打算把自己開的藥方找出來商量商量。但是老五不聽，不作聲走了，反過來告訴人家，說他不聽勸，天下也有這種愣睜著眼睛說瞎話的人！還是他當作知心親手足看待的家門弟兄呢！

屁！

他坐下來，坐到老五剛才蹲過的榆樹幹上，灰心喪氣的捧著腦袋。他那一對長年爛糊著的風火眼，接連熬上這幾夜，更重了。

莊子上，以及左近鄰村兒的，不是信不過他這個人。就拿他那一手酒席來說，出名的二把刀（非職業廚師），誰家紅白喜喪不請他能爺掌廚？能爺眼睛不行，眼力倒是有的，誰個賣樹包樹要不請能爺掌個眼兒，總不放心；別瞧不起他那一對躲在硬紙片下面的風火眼，打樹林下面走一趟，隨便過目，能爺要說這一行樺樹能出幾千擔料子，幾百擔柴火，八九不離十，走不了眼，樹放倒了一過秤，賣主不吃虧，包主也蝕不了。要是東莊誰家新房子上大梁，崖頭村兒誰家犁耙折了，莊子裡誰個磨桶散了板兒，都是能爺的事兒。能爺吃自家飯，幹人家活兒，落得個甚麼呢？落得個眾人尊他一聲「能爺」。他生性就是這種人，腦子閒不住，手也閒不住。能爺在人們的心裡，永遠是人家不能的，他能。但就一樣除外——能爺的醫道，沒有人敢領教。

瞅著面前的三座墳，月亮明一陣，暗一陣。能爺那一對爛糊糊的眼睛，滿噙著病症同感傷二者兼有的淚水。

西邊的一座老墳，合葬著能爺的親爹娘。黎老爹下世早，能爺那時還不懂得傷心，壓根兒沒掉過淚。黎奶奶去世就不同了，能爺是個孝子，同他那一手酒席手藝一樣出名。黎奶奶害的是隔食病，一滴水也嚥不下。人們心眼兒裡，害病同醫生永遠聯不到一塊兒。集鎮上總共只有位懸壺的看病先生，不比請道姑奶奶少花錢。請先生看病，殷實人家才配得上，單是封禮，聽說就要一兩斗麥子，抓藥還不在內。人一生病，就只知道找道姑奶奶下神作法。正是交冬數九的天氣，黎奶奶讓道姑奶奶指使著抬進抬出，活蹦活跳的年輕漢子也經不住那樣糟蹋。道姑下神，下的是黃大仙姑，說甚麼三十七年前某月某日徽州和尚來化緣，黎奶奶那時還在家裡做姑娘，把出家人的千家糧抓了把餵小雞。徽州和尚差這把糧食，修不成果，如今討糧來了。黎奶奶病成那個樣兒，還得抱著斗，裡面裝上大麥。大夥兒連著軟床抬到大門外，等著道姑奶奶作法。麥場上一點遮攔也沒有，大風口兒裡，唱完了，跳完了，病人也凍僵了。當天夜裡三更多天，黎奶奶就不省人事了。

黎奶奶安葬下地，能爺心裡說不出的苦，人彷彿傻了，不說也不笑。田裡的活兒有一天沒一天的做點兒，莊稼比人家河邊沙灰薄田還退板。想著娘，念著娘，端起碗來眼淚往粥裡掉。黎奶奶把倆兒子扶養大，裡裡外外都她一個婦道人家撐門戶，不是個輕快擔子。老大親事都說定了，剛待接親，又夭亡了。黎奶奶這輩子沒過過一天好日子。他能爺，人家不能的，他都能，唯獨當著親娘臨終斷氣，他倒甚麼能耐也沒了。「能」到哪兒去了呢？這個拴得死死的結子總得解。人家能，他能爺不能的，只有下神同看病這兩門兒。道姑奶奶那一套，他是恨透了，他發誓，這輩子不把看病學會，死了也沒臉去見老娘。

能爺學別的本領，無師自通，看兩眼就行。唯獨學看病，沒法兒單憑著兩眼，再說也沒的可看。除非嘗百草，從頭兒自己摸索。這麼一把說老不老、說年輕也不年輕的歲數，又到哪裡去拜師傅來著！集上那位懸壺先生逢集才到集上轉一遭兒，家還遠得很。

他黎家祠堂的教書先生聽說能爺要學看病，滿口贊成。可是避著能爺又是一種話：「能爺聰明才智是有，就是凡事太粗心。」

不管怎麼樣，先生到底還是從城裡給能爺弄來了幾本破醫書。給能爺個龍蛋，也沒這麼使他興頭。沒費個把月的工夫，便把雷公炮製藥性賦背熟了一半。能爺簡直覺得天下沒比這個更得手的事了。從寒得病下熱藥，從熱得病得下寒藥。溫平兩性可以不背它了。

家裡養的一窩雞子生了瘟病，黎二嬸催他趁早兒提上集去賣給于老舅的小飯館兒。能爺不幹，弄點草藥煮水灌灌，準好。雞子生的是熱病，手伸到翅膀底下就知道了，像是捧著碗熱粥那麼燙手。「地骨皮有退熱除蒸之效」，能爺是用上了。

備上小毛驢兒，上集抓藥去。

藥店就在豬市過去，樊家陸陳行緊隔壁，對門兒就是董記老槽坊。逢著避集，稀稀朗朗沒幾個人。能爺把小毛驢拴到藥店門前一棵苦楝樹下。臨時有一點不大好意思，心虛，老覺得人家一下子就猜出他是給小雞抓藥來的，不像話。

「來點兒地骨皮罷！」

彆扭，沒藥方子，這個口氣就像跟于老舅飯館跑堂說的：「來壺燒刀子罷！」

「幾錢，你這位老大爺要？」站店的學徒是個半樁小子，一張粉白嫩嫩的姑娘臉兒，生得好靦腆。

能爺讓問住了。照他想著，少說也要來個四兩，一大窩雞子，幾錢夠幹麼？瞧了一眼櫃檯上的戥子，筷粗的骨子秤桿，沒十錢那麼大的白銅秤錘兒，繫子是精細紅絲線做的，稱其量還怕壓不住三兩重。

「九錢罷！」只要不上兩，總不太外行。他跟自己玩兒聰明。

「嘿，誰家的叫驢？樹啃壞嘍！」街對面老槽坊的少老闆嚷起來了。

「來啦！來啦！」能爺跑下石台兒，小毛驢兒喀嗤喀嗤嚼著啃下來的樹皮。

「怎麼啦，能爺？給誰抓藥來啦？」老槽坊少老闆發現驢子是能爺的，很過意不去。能爺是個老主顧，大主顧。能爺辦酒席，一律訂的是董記老槽坊的酒，整罈子的。

能爺打著哈哈，支吾過去了，他拉著驢子回到店裡，轠繩扯得遠遠的，驢子有點害怕似的不肯向前走一步。

站櫃的正包著藥。

「小兄弟，讓我看看。」

「上好的，喏，漂白！」

能爺擠了擠爛眼兒，拿到亮口瞧個仔細。甚麼地骨皮不地骨皮的，要不是楝樹根的皮才怪。楝樹根的皮去掉老紅的那一層，搓成繩子做響鞭，抽起來叭啦叭啦響，不弱過牛皮做的鞭子，只是不耐久。

「問問你，小兄弟，甚麼樹皮做的？」

「這個啊？」站櫃的一雙嫩手包著藥包：「就是……就是老土話說的，狗奶子樹，又叫西王母杖。」

「西王母杖？敢情就是結那個紅果果的？」

「可不是嗎！要根上剝下來的皮才行。」

「鄉下那可多啦！」

能爺心裡想，犯不上花錢買，要多少沒有！「小兄弟，我可要沒出息了。你們寶店裡要是要的話，下回趕集，我給你送個半麻袋來。這個……」能爺把藥包推了推。「我看，我還是回去自己挖點兒用用罷。」

「行。自己挖點兒用，樸實多啦！」站店的解開紙包，山架上拉開小抽屜，往裡面抖了抖。一點兒也沒有惱的意思。能爺搭訕著下了石台，望一眼山架上螞蟻窩一樣多的抽屜，心想，搞點木料，他自己也做得這樣的藥櫥。

回到家，小毛驢兒送上槽去，連草料也沒來得及上，抓過一柄鐵鍁就去採地骨皮。走在路上心裡琢磨著，得跟那個站店的扯個來往，說不定那些草藥也都跟地骨皮一樣，鄉下到處都是，取了些古古怪怪的名字罷了。那麼除掉看病，再開間藥鋪子，光彩！

同那位站店的扯個來往，那方便，先採上半麻袋的地骨皮送過去，甚麼話都好說。給說個媒罷，瞧那麼年輕，準還沒定親事。

「提誰家的姑娘呢？」能爺手底下挖著地骨皮，把莊子上十七八的姑娘們一個個在心裡數著衡量。

雞子一隻也沒醫好，一隻跟著一隻完了。他覺得好難解。要麼這本藥性賦不可靠。藥性賦後面也不知道掉了多少頁，寒熱溫平四性藥味他只背了一半，毛病就怕是出在這上頭。不管怎麼樣，說話總得算話，剩下來的地骨皮收收拾拾也有小半蔴袋，曬乾了當柴火不夠煨壺茶的，要是用藥店的小戥子戥著賣錢，就不能想了。能爺專程騎著驢子送上集去，那位站店的家去收麥子沒回來，老闆抓了把看看，半晌兒，要說甚麼又不說，最後伸出舌尖舔了下嚐嚐味，這才搖搖頭道：「斷不是，斷不是，要麼是甚麼……」

能爺一眼瞧見門旁的苦楝樹幹上的那塊讓小毛驢兒啃掉了皮的白印子，這才忽然醒悟過來。一時間他不知道自己該怎麼死——怎麼那陣子糊里糊塗單想著跟藥店扯來往，跑到莊東雜樹林兒裡挖了些苦楝樹皮兒？雜樹林兒裡壓根就沒甚麼西王母杖。從這以後，能爺才把膽子收小，別的事馬虎點兒，沒大差錯，藥死一群小雞事小，藥死人命那可不是玩兒的。規規矩矩從頭來，先把藥性賦背熟，再往下背湯頭歌訣、驗方新編、難經脈訣。能爺書沒讀多少，也沒料想天下也有這等難事。不止一次想撒手不幹，一想到老母親的病讓道姑給耽誤了，鼻子一酸，發狠莊稼不要，也得幹個有頭有尾——對老母親也只有這點兒孝心可盡了。

人家的棒子地鋤完四遍，能爺只鋤了兩遍；還是黎二嬸領著大順兒鋤的。能爺田裡的荒草長了，能爺卻比誰都辛苦。自從把老五家的紫毛牛醫好以後，能爺不分晝夜，全副心力都用在藥書上，眼看窗口發白了，能爺躺在炕上，光著一隻中了熱毒的爛胳臂兒，指頭還在蘆蓆上嗤嗤嗤的刮著寫：

「截瘧七寶常山果，檳榔朴草青陳夥，水酒合煎露一宵，陽經實瘧服之妥……」

能爺那對老痧眼重得十步外認不清人臉，當眞把鋤頭下田去，苗子鋤掉了，野草還留成行兒。外村路過的經過田邊兒，都說這家人家往敗落上走了。實打實，不敗落也敗落了。俗語把家敗同人亡連在一起。能爺的家敗，從大順兒身上開的頭，往後接二連三不到兩年的工夫，敗得一個頓兒也沒打。

那年鬧饑荒，能爺岳父家急著賣樹還債，託人捎信找能爺去掌掌眼兒。能爺估完了樹，又照應了一點瑣碎事情，多耽誤了兩天。剛回轉家來，滿院子的人，頂頭碰上道姑下神作法，院子裡跳著唱著。能爺止不住火性暴跳，順手抓起一根抵門槓子。那個道姑一眼瞧見勢頭不對，大仙也不附在身上了，一雙手護著腦袋，鑽進人叢兒裡。那隻手求饒似的釘鈴釘鈴一路亂響著，逃掉了。

大順兒躺在炕上，發著大熱。

「你要死，你一個人挺去，你別連累著孩子！」黎二嬸趕到屋裡間，一把揪住能爺後領口兒往外拖：「娘剛剛回家來疼疼大孫子，你發瘋啦！」

「我發瘋！我發他媽啦個×的瘋！」甩過去一耳摑。能爺沒打過老婆，這是頭一回，彷彿打在祖宗牌位上那樣叫自己吃驚。下巴頦兒直發抖，再要說甚麼，說不出來了。瓜皮帽沿下的硬紙片兒歪斜著，剛好斜到要掉下來。

黎二嬸不是那種撒潑婦人，忍住了。

「小孩子都出去！有甚麼好看的？」能爺蹲到門檻上，臉揚得很高才能從硬紙片兒下邊看到滿院子的人，看熱鬧的可不光是小孩子。

黎二嬸藏在屋裡間嚶嚶哭泣著。能爺心裡更不忍了。肩膀上取下旱菸袋，按著菸絲。

「不是我沒緣沒故的發瘋，你不想想，娘是怎著去世的？不爲這，我發狠丟下莊稼學看病？還就有你吃她道姑那一套，生病就生病了，甚麼娘來家疼大孫子啦？就是這麼個疼法？把孩子疼成這樣子，啊？」

黎二嬸也不作聲，耷拉著眼皮走出來給大順兒倒開水。

「到底是怎麼啦？我去了這幾天？」

「你不是看病先生嗎？你問我，我問誰？」

能爺擠了擠赤紅眼睛，默默吐出一大口煙。柳絮貼地飄著，全部集攏到門檻外邊的小土坑裡。他走進裡間，眼前一片烏黑，吐出的黃煙闖進從小窗口射進的一道太陽光裡，成了一條變化無窮的煙柱。大順兒燒得昏昏沉沉的，一陣陣受驚似的舞動著手腳。手抓到臉上，一抓就是一道血絡兒。嘴裡聽不清唧唧哇哇念著些甚麼。做娘的一旁守著，有點兒動靜就忙把孩子兩隻手按著。

把油燈點上，只見舌苔紅赤赤的。試脈試了半天，愈試能爺的心裡愈沒個準兒。到現在，難經脈訣他沒能啃透多點兒。

試著大順兒那麼高的熱，重又想起那窩瘟雞命案。那只怪把地骨皮弄錯了。大順兒病從寒起，準沒說的。那麼出出汗發散發散罷！

能爺開出的第一帖藥方不含糊，蘇葉、杏仁、陳皮、防風、荊芥、白芷、赤茯苓，見樣二錢，分量沒敢開重，外加生薑兩片，蔥白兩根做引子。

藥方開好了，能爺一雙手直發抖，就像第一次揍了老婆一樣。備驢子上集打藥去。臨走，黎二嬸叫住了他：「你走過這幾天，大順兒一直沒拉屎，可也是毛病？」

能爺拉著轠繩呆在當院兒裡，也不回答，心裡直背藥性賦，一雙爛眼兒拚命價擠，彷彿那樣便會有助於記憶似的。

孩子病得這般沉重，身子虛弱，宜通不宜瀉，能爺決定了：「回頭，找二順兒跟麻大嬸討個小半碗蜂蜜，等我打藥回來一道兒煎。」

傍晚，頭道兒藥喝下去，沒一頓飯的工夫，孩子一陣陣翻滾，額頭上汗珠兒像剛開鍋的飯鍋蓋兒。做娘的慌了，娘兒倆扭在炕上打架似的，嚇得兩小的一旁直哭。

「出出汗，出出汗就好了。」

能爺嘴裡這麼說，心也慌了。藥方子找出來，翻來覆去查不出毛病。索性再煎二道兒追一追。只是沒等追，二道兒藥還在壺銚裡煎著，大順兒就完了。

十三歲的孩子，剛接上手做田裡活兒。

大順兒若是死在香灰符水上，不說村子上大夥兒沒半點議論，連大順兒自己也得泉下瞑目，能爺在甚麼事上都沒有不得人心的，這一次他卻栽了個大跟頭。沒一個人能懂得他，連那位祠堂私塾先生也在內。

孩子是夭折，沒成人，照規矩不能入祖陵，埋到山腳下亂葬崗兒裡。能爺不喫不喝的守著墳，誰來勸說也不聽。那張藥方子，他怎麼琢磨也找不出差錯。一天連上一整夜，能爺回來了，備上小毛驢兒到集上藥店去。

老掌櫃的架上黃銅邊兒老花鏡，瞅了陣藥方，又問了問病情：「斷不會，斷不會喫壞了人。」

能爺心裡落得實在了。

別人不懂他，壓根兒他不用放在心上。他去山腳下看了看大順兒的墳。墳腰兒裡有個洞，要不是獾狗扒的，就是兔子打窩。能爺就近搬了些土塊塡上，腳底下踩著，就像他現今停在老婆新墳前面一樣，傷心是傷心，心裡卻沒甚麼虧負，傷心得很平靜。要不是大正月裡進城趕會，到今天他還以爲大順兒的病是藥石不治的絕症。

趕會時，他在地攤上弄到一本挺新的雷公炮製藥性賦。他那本破的缺少那幾頁，這本兒都全，甚麼十八反，十九禁……能爺把預備買一副皮轡頭的錢省下來，買下了這本新的。就在這裡面，十八反歌訣把他重擊了一下。蜂蜜反蔥白，蜂蜜沒開在藥方上，大順兒的命是送在這上頭。

輪到三順兒鬧病，黎二嬸任是怎樣逆來順受也不答應了，兩口子差點兒沒把這個家鬧得翻過來，底兒朝上。孩子八成兒要出疹子，發熱、咳嗽、眼睛水汪汪的。照老規矩得把痘疹娘娘請來家供奉著，道姑當然也得請。終歸還是能爺拗到底，照著傷風開了一副小方子。這一次，能爺可是把甚麼反，甚麼禁，統統慮了八九十來遍。結果三順兒又是不明不白的送掉了。

黎二嬸硬是疼孩子疼得發了瘋，把二順兒抱到灶門口，哭著，咒著：「這個家，縱是驢馱鑰匙馬馱鎖，也經不起一條一條人命這麼擺弄！二順兒你還活著幹麼？咱娘兒倆一道跟你兄弟去罷！」

能爺分不出心來管這些閒散事兒，他得把這裡面的道理弄清楚。連夜把藥書一本本兒翻遍了，找不出差錯出在甚麼地方。三順兒讓誰抱去埋了，埋到哪兒去了，能爺不知道。只一樣老在能爺眼前打圈圈兒——三順兒倒叉著眼的那副慘象。

黎二嬸沒有跟兒子一道去，可是中間也只不過隔上半年光景，老婆又葬到了這裡，挨著爹娘同他老大的墳，家裡只剩下一個二順兒了。

靠著月亮光，藥書上的大字還模模糊糊辨得出——其實這些，能爺早已經背得爛熟，只有下注的小字，要家去掌起菜油燈才行。

井崖邊兒打水的早走了，老五也不知是生了他甚麼氣，不聲不響眞的就走了。

或許又像地骨皮和蜂蜜反蔥白一個樣子，三順兒同他娘死得冤枉。可是誰也休想改掉能爺那份傲勁。如果大夥兒都說這家新房子的大梁讓他上歪了，別以爲他會放倒了再上第二遍。除非那座新房子沒到該倒的時候眞的倒掉了，能爺或許勉勉強強點個頭。這種情形可從來沒有過，這可是打個比喻。到現在，藥書裡還沒找出像大蔥反蜂蜜這一類的毛病，儘管非找出來不可，只是還沒有找到這以前，能爺不能先就窩窩囊囊認了錯，服了輸。

走進雜樹林子裡——挖苦楝樹根的所在，能爺轉回身子，望著老母親那座模糊不清的墳墓，慢吞吞往後退著走。

「娘，你總也顯顯靈。讓你說，兒子可開走了方子？」能爺微歛著嘴唇，背後一根樹幹阻住了他。那一對不能再困憊的眼睛，再怎樣使勁兒擠巴，也沒法兒更清明些兒。他斜靠到樹幹上，揉弄著爛眼睛，揉得滿手背的濕水：「莊子上，誰都在那兒說我招鬼迷了，說我得罪了道姑家的神仙，我不理……那些人，自個兒死了還不知道是怎麼死的，我不理……娘，別人怎麼樣議論，兒子都不放在心上，你可不能不幫兒子說話，你說……你也問問你媳婦，你媳婦就躺在你旁邊……」

能爺望著新墳，昨兒晚上墳裡的人還躺在炕上，能爺還不住的翻醫書，滿以爲這一次得手能把病給扳轉過來。

黎二嬸得了病就不省人事，也不喊，連哼一聲也不曾有，就像她一輩子爲人那樣，不聲不響的過去了。黎二嬸得病時，能爺把那些勸他趕緊去請道姑的遠親近鄰關到院子外頭，拉著二順兒一起跪到老母親牌位前，汗珠滴滴嗒嗒掉在蒲墊上，他甚麼也說不出來。孩子撇著嘴，喉嚨管兒裡一個疙瘩噎著似的哭不出來。到底能爺還是抓過乾毛筆，咬了咬筆尖兒開方子。周身抖得差不多要一雙手抱住筆桿兒才下得了筆。

「治了病，治不了命。」他抱著冰涼的樹幹，臉貼在上面。「娘，問問你媳婦，問問她，可是死在兒子開的方子上?」

田裡只剩下山芋一門莊稼，山芋葉頂著寒露，月光之下，亮得像剛落過一場雨。

回到家裡，摸黑把燈點上。彷彿抄了家一樣，到處草草亂亂的，甚麼東西都不是放在習慣的地方。當門一片錫箔灰，上面踩著零亂的腳印，那腳印似乎也就是死人留下的。人走在上面，紙灰跟著揚起。

把帽沿下邊夾著的硬紙片兒去掉，蹲到炕頭上，抹了抹眼睛。乍乍少了一個人，屋也大了，炕也寬了。想到隔壁老五家去把二順兒抱回來，塡塡這麼大的空，又覺得要不把這一次的藥方子毛病找出來，只怕甚麼都是空的。

四周圍靜得連屋子後頭湖州桑的葉子落到屋頂上都能夠聽得清，他把「難經脈訣」打開來，這本書一直像一垛沒門的高城牆。

有人敲門，他奇怪沒聽見一點點的腳步聲。

或許是老五兩口子送二順兒來了。

「我能爺沒有不能的事兒!試著再幹罷!總還剩下個二順兒。有巴望，成不成，都在這孩子一個人身上了!」

氈帽殼兒摘下來，裡面一張壓成半圓形狀的藥方，埋平了，鋪到油膩膩的方枕上，瞅著那個在癡想著甚麼。

又敲門了。

「誰?」能爺一雙腳垂到炕沿下，遲鈍的找著蒲鞋。赤紅得幾乎要往下滴血的眼睛還盯在那一垛沒門的高城牆上

能爺的臉孔被一種入神的呆滯凝固了。他預感著成功的喜悅，卻又似乎看到山腳下亂葬崗那裡，在大順兒的身旁，又多出了一座新墳！

一九五八・九・高雄

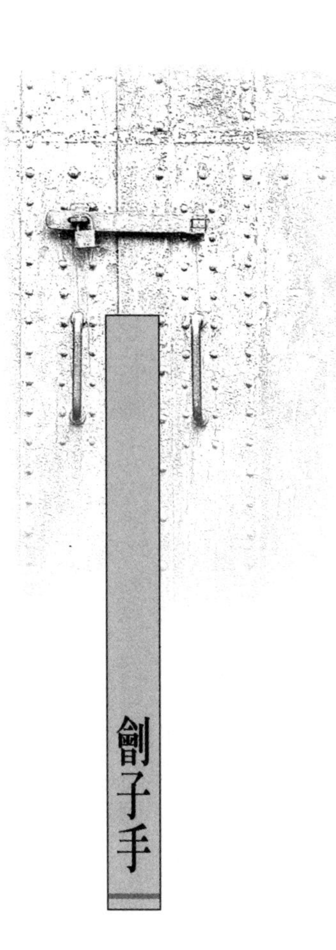

劊子手

傅二畜大赤著膊，單手扠腰，停在一家大字號的布莊門前石階下，頭上盤著大辮子，會叫人覺得他是一條好漢；尤其手裡挂著把大板刀。

他是一遇出決就亮那一身好骨格的。

一隻腳跨在石階上，等得不耐煩，隨時都要拔腳就走的架式。交冬的天氣，上身是赤裸的，凍得白裡泛青。那肥厚的胸脯並不似想像中的劊子手，總有大遍黑黑的護胸毛。他是胸筋已經開始有些鬆塌了，手裡的那柄大板刀，上面凝固著的血漬已經氧化成醬紫色。

布莊的櫃檯那邊，春喜兒理起一塊茶綠底兒莧紫小碎花的洋綢，回過頭來跟他的師父討商量：「師父，你瞧這花色行不行？」

「你娘的個×！毋毋姐姐的！」

「師娘囑咐的，弄點細料兒好給厤大姨小孩兒送滿月。」

「你他娘跟師娘學手藝來著！」刀尖兒頓了頓青石板：「萬輩兒沒出息的兔兒崽子，你可還快著點唄！」

四周圍著些看熱鬧的，孩子們在穿著棉套褲的大人腿襠下面鑽動，甚麼也看不到。

布莊夥計把那塊五尺洋綢特用紅紙包了交給掌櫃的。後者得過半身不遂，扶著小夥計一蹬一蹬吃力地走下台階。

「小意思，點兒粗布，擦擦寶刀罷！」掌櫃的笑得很昏庸的樣子。傅二畜把大板刀移開些兒——怕把掌櫃的嚇著。他接過那布料道：「老規矩啦，掌櫃的，多包涵！」

「好說好說，該當的。」

店夥計也不自覺地跟著老掌櫃點頭蝦腰的。

春喜兒一旁抱著他師父的大棉襖和各家布莊賞的擦布刀，問道：「教軍場布攤子還去不？」

他師父一瞪眼：「那玩意呢？娘的，丟了？」

春喜兒忙挪出手來，腰荷包裡取出拳頭那麼大小的乾荷葉包兒交給他師父。看熱鬧的準都知道裡頭包的是甚麼東西。傅二畜把大板刀交到徒弟手裡，拿過棉襖，這才把盤在頭頂的大辮子扯下來，甩到光脊梁上去：「教軍場你自個兒去罷！」

師徒倆一走動，大夥兒就趕緊擠著讓路，以至於一個孩子生著凍瘡的腳後跟被誰給踩上了，要命地哭喊著，還帶著罵。

「回來！」傅二畜喊回了徒弟：「你可別亂嚇唬人！你要是嚇唬著人家小孩，小心我找你腦袋後頭刀縫兒唄！早點回去砍三個番瓜等我瞧。」

春喜兒悻悻地去了，極不情願似的，但他一轉臉就高起興來，他可以不必被逼著和師父一道兒去吃炒人心了。

在小城裡，出決是條大事。迎春樓掌鍋的尤胖子估著是時候了，便招呼跑堂的去買鍋。傅二畜正好和買新鍋的夥計同時進了門。

「好夥計，正是時候！」傅二畜拍拍提著新鍋的夥計，把大棉襖披上身。那跑堂的陪著笑臉，一雙賊眼並不是生就的，瞅著傅二畜手裡的荷葉包兒，任誰都會成了那個樣子。

迎春樓並沒有樓，一溜三間的門面，後邊連個退步都沒有，灶堂就支在當街。雨簷下面，一排掛著大塊的牛肉、豬肉，整蓋子的肥羊。魚皮魚肚之類的海貨讓街風吹乾了，打鬧著碰得吭吭響。掌鍋的咵嗤咵嗤敲打著熱鍋，掌鍋的和夥計們都是串通好了的，一個個誇張地忙碌著。其實年根歲底，館子裡沒大酒席可做，門市小吃也沒甚麼了不起，可是偏就要那麼匆匆忙忙的，眞拿他們沒辦法。

傅二畜和買新鍋的夥計沒招呼上兩句，掌鍋的尤胖子隔著灶台就吆喝了：「怎麼說，聽說碰上硬漢子纏手啦？」

「別提了，差點栽了。二十多年的老手藝，夾了刀，你說這不他娘的×過回頭了麼？」

這兩個胖子照骨格說，該是一個路上的人。而饕餮、貪杯、貧嘴之類的癖好，更讓他們結下了抹脖子的交情。隔個三五天要不共杯燒酒，日子就像有點過不下去。兩個都幹的是刀把營生，都很有點兒狠心，生命落在他倆手底下，只有肉的意義。

尤胖子接過那個荷葉包兒，就著手裡掂了掂重：

「挺沉的，不是？」

「怎不？就憑那個橫大豎長的個頭！」傅二畜揀了處靠近灶堂的座位坐下來。

「老遠瞧著，就是條結實漢子！還來著罵呢，把堂上老爺給罵慘了！」跑堂的夥計歪歪腦袋，很有讚佩的意思。其實他剛才提著潑潑灑灑的湯水提盒往錢糧櫃去送飯，才不敢去擠熱鬧呢。老遠裡光看見亡命旗的旗尖晃兒晃的，其他都是聽來的。

「先來壺綠豆燒唄。」

傅二畜招呼了一下，閒散的四周掃了一眼，在座的幾個顧客沒一個惹眼的；或者說沒一個像能同他搭腔兒聊聊的。他顯得不很重要了，不像在大街上讓那麼多人圍攏著。乏味得很疲倦，搓了搓臉，把臉上的肉塊推來推去的推了一陣子。

「怎麼樣，用新鍋罷？」

「行，用新鍋！」傅二畜抿了口酒，不大用心的閉上眼，舔舔嘴唇，靜候著頂有把握的享受——炒人心下酒——放心成那種安適的樣子。

「多放點兒胡椒麵兒——天冷。」

「行！」

他乏味得連這麼一個字也懶得吐。但是就這麼一個字也讓他打呵欠打走了音。然後閉著眼，抓脖子上的癢，嘴巴跟著歪咧在一邊：「我說，胖爺，少碰見今兒個這麼條硬棒漢子。」

「聽說是個莊稼戶？」尤胖子停了一下廚刀。

「大響馬也沒那麼挺棒兒硬的。」

「八成也是個不守本分的鄉棍子。」

「是個莊稼戶，那是不錯的，我們西鄉誰都知道。」鄰座一個年紀輕輕的酒客插進嘴來。從那張不大自如的嘴巴上知道這人閱歷不深，但很懂得努力，希望多碰點兒大小場面。「就是啊，生頭野腦的，老跟人合不來。」

「照你這麼說，死者這份膽識倒也難得！」掌鍋的尤胖子切著菜，重下巴頦兒一下一下跟著哆嗦。閱歷不深的年輕人脖子伸著湊近來，聲音低低的道：「聽說，大堂上瞎嚼亂罵——不像樣兒！」似乎已學會了場面上常要做出這種體己的樣子。

「誰說不像樣兒？」傅二畜立愣著眼。像這種上人苦下了家業等這一代讀點書撐撐門面的農家士子，傅二畜是瞧不上眼兒的。他道：「外孫有理還揍太公唄——人家罵得是個是處！」他冷著臉，扭過頭去，好像同這種土頭土腦的農家士子理論是不可理喻的。不過他又掉過頭來：「憑我吃的雖是衙門飯，行的可是朝廷王法。別說知縣老爺，他知府道台若是貪贓枉法，依樣也得服王法不是！」

「說是衙門對面影壁牆也都挨罵上了，出決的時候。」跑堂的不能不把話兒岔開，總要顧全客人。

「聽他們不省人事兒的瞎胡亂唚！」傅二畜食指狠狠叩著桌面，嗓門大得像是同大街上的行人打招呼：「人家是指著影壁牆上那個『貪』（注——以前縣衙門對面的影壁牆上畫著一隻近乎麒麟的獸圖，叫作『貪』，寓意提醒官吏們的操守），罵知縣大老爺唄！那堵牆有啥可罵的？瘋啦？癡啦？」

一切都使他生氣——看他那副神情。

鍋上可正炒得熱烘，蒸氣騰騰中，但見尤胖子東抓一把，西撒一把，大有呼風喚雨撒豆成兵之概。

「你說，胖爺……」

傅二畜是只把尤胖子當作通事達理的，只是後者正在忙頭兒上，他又算了，無味的咂了一口綠豆燒。

不遠處有辦喜事的喇叭，嗚哩嗚啦吹打著。

「今兒，倒是個好日子？」

他自己也不知道問的是誰。他尋思著，人活著幹麼啦？人都把死看作天塌地陷的大事兒，有甚麼不得了的？這邊人頭落地，瞧著罷，那邊照樣還是迎婚送嫁。就看這店堂裡，熱鍋裡炒著那玩意，大家吃吃喝喝又是另回子事兒。那玩意，誰個胸口裡都有一顆蹦蹦跳跳的。

「二爺，辛苦了，今兒個？」

門前出現了一個皙白乾淨的瘦老頭，手裡握著只鵪鶉袋兒。傅二畜忽然有了精神，忙往裡面讓座，彷彿這店是他自家開的。瘦老頭踏在門檻上，跟這個招呼，跟那個招呼，在這個世上混了一輩子，居然混得很有成就。他一路說道：「這個抱不平看誰來打罷，太說不過去，我說給你們大夥兒評評理看。」說著彎下身子，吹了吹椅子，並不馬上坐下。「后大有這小子，甚麼錢他都用，也是個混事兒的嗎？說不過去。他地保是怎麼弄上手的？不是我楊五，他吃屁也甭想趕上熱的！今兒我找他來，說不兩句，衝我歪脖子白愣眼的。氣起我來，腳一跺，乾脆，趕他回堤窯裡抱著爛腿喝西北風去！」

「怎麼回事兒，五爺？」傅二畜待要遞過酒去，想起對方在理兒的。「大人不見小人怪，跟那個小兔兒崽子鬥，犯不著。」

「跟他鬥？別髒了我！」老頭連忙吹了吹袖子，好像眼看就髒到自己身上來了。小拇指甲足有三寸長，捲成股兒套進紫竹管子裡。「剛不久，痲家小爛眼兒過來陪我燒煙，跟我說，今兒出斬的那個囚子，六親九族一個也沒，善堂那邊捨了口二六的棺木，讓后大有給饕換了個透風進亮的柳木匣。聽了這話，我這張臉沒處放了，他后大有幹上地保是我楊五賣面子薦的，甚麼錢不好用，拿我楊五這張臉就地搓？我楊五還能混嗎？」

瘦老頭自己也承認是混的。

「后大有他娘的！」傅二畜道：「那小子，墳頭上搶紙錢兒用的。你聽我說，五爺，這個抱不平，我打了！」

「別的我也不說了，我楊五要爭口氣，也不跟他后大有爭；可是那口二六的，總得要他怎麼吞下去，再怎麼吐出來。不然對不住死者。」

「死的可裝棺了？」尤胖子親自把炒的那玩意兒端過來，扯起圍裙擦擦手，便坐下同傅二畜共杯。

「裝了棺就算完事兒啦？」瘦老頭捲捲皮襖袖子，大拇指指著自己胸口窩兒：「我楊五凡事要就不管，要管，我就得管到底！甭說裝了棺，饒是埋進了土裡，他也得給我扒出來，換個二六的。」

「我看那倒也不必；人死了，也就甚麼……」尤胖子灌了一口綠豆燒：「也就不必翻屍倒骨了，抱不平，你爺們都要打，我呢，無能，敬陪末座——轉個圈，叫他后大有多少拿幾文出來買點燒貨，給死者紮個紙人紙馬，也祭祭，閻羅殿上，咱爺們兒也給他孤魂怨鬼裝了點兒體面。這麼著，你楊五爺面上也過去了。二位，我這話總還中聽？」

「掌鍋大師這話有道理！」年輕的農家士子要不是傾服得無以復加，就不致這麼衝口而出了。

「說實在的……」楊五考慮著甚麼，大拇指在胸前擦拭著，那上面佩戴的翡翠玨經常這麼擦動，已經油光水滑了。「我這張面子也看捨在甚麼上頭。二位光景也還不怎麼清楚，今兒出斬的那條漢子，身世少見那麼慘，那麼值得。我楊五今天打這個抱不平，不能不說是對那位漢子表表寸心。」

傅二畜搐搐鼻子，筷子磕著盤邊道：「這麼一說，娘的個×！這一盤子上餚，我倒是吃它不下了。」

「倒不是這麼說，人各有份，人人要都像我胎裡素，生來見不得葷腥兒，天下早斷屠了。各人的口福，那是。我意思是說今兒這條漢子，是個敢作敢爲的大丈夫，單憑他把鄉董殺了，提著血刀親上衙門來投案，你說是個有種的罷？」

「你還沒聽那個罵法啦，五爺！」

「我怎麼沒聽到！昨兒晚上廖師爺在我那兒燒煙……」

「大堂上就罵開了，聽說是。」掌鍋的說道。

「怎不，衝著堂上老爺們，呸！唾沫吐過去，你們說他罵甚麼來著？——我莊稼戶唾沫是吐到手心兒做活的，今天吐你們贓官，算我這口唾沫白糟蹋了。」

「罵絕了，罵絕了，這簡直是。」尤胖子拍桌打板的。

「可不是罵絕了！我傅二畜心裡頭一佩服，手底下差丁點兒出了毛病，找不到刀縫——二十年的老手藝，他娘的！」

盤子裡五味俱全的炒心片兒，就這樣靜靜的聽讓圍著它的傢伙是是非非著。

「大師父，」買鍋的夥計提著炒過人心的新鍋子問道：「摔啦？」摔鍋對於顧客是個交代，對於這個貪玩的夥計則是件很有趣的消遣——公然地帶點兒揮霍卻不必疼惜的快意。他提到門前，摔在大街的青石板上，意外地那鍋子沒有料想的那麼粉碎，於是撿起來，又作了一次消遣。

尤胖子回轉臉來：「大夥兒都傳著，這漢子是冤枉了。」從肩膀上抽下手巾擦了擦油膩的鼻子。那鼻頭紅紅的，把人弄成很傷心的樣子。

「也難說。」年輕的士子老是有甚麼顧忌似的，不敢苟同死者是冤枉的。

楊五道：「俗語說是：殺人償命。更別說殺的是個鄉董！試問，哪個鄉董老爺不是有財有勢的地頭蛇？你說我這話呢？」瘦臉送到青年士子的臉上，彷彿徵詢後者有否異議。因爲座中只有這麼一個鄉下來的，知道實情。後者卻像受了栽誣似的道：「說是那樣說，也不罕定，就拿舍下說，家祖父就……」

「都沒好的，我說！」傅二畜是有意掃農家士子的興了：「就說我家小孩子他三姨唄，吃盡了鄉董的訛詐。你到縣裡來喊冤告狀嘛，娘的個×！官官相護！就說今天這個死者唄，親娘讓人打死了，報仇殺人是不錯，可人家提著血刀來投案啦！還判人家砍腦袋？王法離了皇城就另個樣了。說起來不錯似的，鄉董老爺——也是一鄉之主，掌管的也是王法。可那是幌子！不來錢兒，誰幹？就說他娘的我這份差事唄，朝廷不給糧餉養活我這一大家人家，我傅二畜瘋了？我砍了二十年的人頭？還招徒弟傳手藝？啊？」也不知是質問誰的，兩眼睛瞪著盤子裡的菜餚，一直這麼追問下去。那神情彷彿要找盤子裡剁得那麼碎的心給他評評理，又像是說：「這一大盤子菜，我還沒動幾筷，怎麼就完了？這是誰偷嘴的？誰這麼下三兒？啊？」最後把筷子拍的一聲放下了。

瘦老頭卻道：「來錢兒呢，不錯的。不過聽說那位捱殺了的鄉董，這次可並沒撈著錢。」

「那——這條命是白貼了？」掌鍋的很感興趣。

「也說不上那個，話得說遠了，當初是兩家地鄰鬧事兒，一家是今兒出決的這個囚犯——」

「姓陸的。他老子在世的時候，是個窮訟師。」年輕的士子一旁下注腳：「那一家姓聶，是個小財主。」

「爲著河堤不是嗎？」那位跑堂的也知道一點。

「就爲的是河堤，弄得出了人命案子。」楊五道：「河堤原從那位小財主聶家地裡起土，可聶家硬把河堤歪到人家姓陸的田裡。聽說聶家兒子是給縣大老爺遞乾帖子的，這裡頭就有文章。那位鄉董出面調停，怎麼說也得買買父母官的帳，你說這話可是？啊？胖爺？」

「這麼一說，倒是有個影兒；他鄉董出來調停，少不得偏向著縣老爺門下的乾少爺。」

「著啊！」楊五拍了下桌子：「當初欽差大人領的人，劃的河堤，也沒擋住這位乾親家找到堂上，又私下裡往西彎了十弓子地。他鄉董有濞子也不能衝著堂上擤，不是嗎？」

「所以啦，這話又說回來。」年輕士子道：「他陸家孤兒寡婦的，武大郎挑空挑子——人沒人，貨沒貨，還跟人家聶家碰個甚麼勁兒！依我說，哪兒不是忍口氣就過去了！」

「這口氣不是好忍的，小老弟，人家那是陵地啊！」瘦老頭把袖子捲得更高了，好像又出了一個新的不平讓他們來打了。年輕的讀書人卻道：「也難說。這位縣太爺的乾親家，家裡頭——不說掛千頃牌罷，總是個殷實戶，照說也不在乎河堤占去的那點兒田地，別的不說，就是趕集的人畜牲口硬踩也踩出那麼寬的路。可是人家請來陰陽先生把那塊地來回走了三四遭兒，怎麼看，怎麼不宜動土。各人家的土脈風水，不能不讓著，老先生你說呢？」傅二畜搶過去道：「這叫啥話？他縣太爺乾親家護風水，人家姓陸的地裡就沒風水？人家姓陸的娘兒倆就全靠那點田地收成的唄！」

「還不光止這個，二爺！」楊五手指骨節敲著桌子道：「仗著給縣大老爺遞過乾帖子，這就不得了啦？訛了人家田產，還打死了人？」

「二位光景還不大清楚這裡邊詳情。」農家士子說：「也不是訛詐陸寡婦田地；開河堤的事兒吆呼一兩年了，到欽差領著人下來量地，也才把河堤劃定。這一劃可就把聶家西邊地頭給劃進去了。看風水的說甚麼呢？說是馬頭上萬萬動不得土，若是犯了忌，小則家畜不利，大則人口不寧。姓聶的跟陸寡婦兩家是地鄰，中間隔著土壟子——那是公地——河堤往西彎一點呢，也占不了陸寡婦多少田，聶家也言明占多少地，給多少錢……」

「可那是人家祖陵哪！人家那裡頭葬著祖宗骨殖呀！誰個爲子孫的，這點不護喏？」瘦老頭的袖子再捲就要捲到肩膀上了。其實傳一畜就知道，他楊家的祖陵是讓他五老頭這個賢孝子孫一夜之間押給人，抵了賭帳的。不過也許正爲著那個，瘦老頭痛定思痛，才分外著重一個人家的陵地。

「陵地是陵地，河堤就是彎過去，也彎不到他陸家祖墳上，依著誰也都拿兩個錢兒容讓算了。不過陸寡婦那個老嬷嬷不好說話，睡在田地賴著不走。你說……」

「那是人家的田唄！怎麼說是賴著不走？」

「這以後呢？」尤胖子倒是把不平放到一旁，急於探聽下文。

「老嬷嬷仰臉朝天躺在田裡，嚷嚷著：『誰想搬我田裡一個土疙瘩，誰先把我苦老嬷嬷打死。我睁著眼兒一天，誰就休想把臭銀子堵住我的嘴！』那個老嬷嬷，不可理喻，沒辦法！」

「後來聶家就下手了？青天大白日裡？」掌鍋師父惶惑的望著大家，好像怎麼也不相信天下能有這種事。然而上了客人，不能不回灶堂上去忙了。

「沒那回事兒！」年輕人直著脖子把話送給那邊掌鍋的：「聶家把鄉董請來調停，也不行。人家鄉董賣了那個大面子，她陸寡婦總該讓人說兩句話罷？不行；不惟不行，索性罵開了。像話嗎？氣得鄉董發了脾氣，招呼聶家雇工抬人。地是硬劃出來打河堤了，錢——休想一個子兒！」

「聽聽，他娘的，這也是管王法的鄉董出的好主意！」

「婦道人家，有啥辦法？」農家士子這次就不理會傅二畜了。彷彿傅二畜也就是「不可理喻」的那種人。便自管衝著尤胖子和楊五講說他的：「聶家雇工誰又眞去抬人呢，不過是走向前去勸說勸說。誰知道老嬷嬷衝上來拚命了，一塊石頭差丁點兒扔到鄉董額蓋兒上，那還得了！造反了不是！又抓人又咬人，人家不能聽著不還手罷？好！老嬷嬷是倒下來。誰又有把穩說定不是誤傷呢？大家也只說是老嬷嬷裝瘋賣邪，抬她回家去，沒理會，誰知就出了人命！沒天黑人就死了。你說這値得麼？」

「陸家兒子呢——今兒出斬的這個小夥子？」尤胖子隔著灶台插進嘴來。士子道：「她兒子挑八根線兒賣生薑黃梨去了。她兒子若在場，當場怕就要把事兒給弄糟了。」

「他娘的，橫豎是橫豎了，還怕甚麼當場就把事兒給弄糟了唄。」

「說也奇巧！」尤胖子掂著漏勺裡的燙拉皮，垂下巴頦兒又跟著哆嗦了。「是聶家打死了他娘的，報仇也該報在聶家身上，殺了鄉董那不是……那不是那個了嗎？」

「沒來及下手呀！」年輕的農家士子說道：「聶家是高院牆，外邊又是一道鐵絲圩子。就是殺鄉董，也還是路上碰上的，也怪那位鄉董沒防著小人，遭人暗算！」

「這話才不明事理唄！」傅二畜把牙籤一扔，憤憤的道：「誰說沒來及下手？這話是誰說的？啊？說這話的人，過大堂在場沒有？笑話唄！」

尤胖子笑了，笑他老酒友的老脾氣：「敢情二爺在場？」楊五歪斜著點點頭，那副笑容就不如尤胖子忠厚了。他道：「過大堂的事，廖師爺倒是在場的！昨兒晚上咱們歪煙鋪還談著。死者惹人佩服，就在他殺人殺到是處。你說我這話呢，二爺？——來不及下手，那不合情理；他聶家外邊留下了仇人，院牆再高，鐵絲圩子再緊襯，他聶家一年三百六十天大門不開，二門不出？那是死腦筋琢磨的。我說胖爺，陸家這個小夥子一點也不含糊，打定了主意幹鄉董，有道理！」

「敢情是！」尤胖子隨口應著。他這一類的胖子對甚麼甚麼事都不大肯用心的。這使楊五老頭不得不跟自己提出盤問：「把鄉董幹掉是個主意呢？照說，姓陸的這個小夥子是該把殺母之仇報在聶家身上。可是姓陸的這個小夥子，別瞧是個莊稼戶，有見識，不那麼殺來殺去的。聶家再強橫霸道，至不濟欺欺四邊的地鄰。鄉董就不然了，一鄉之主，要是貪贓枉法起來，受苦的可就多了。大堂上，姓陸是供得好明白：『我殺了十個姓聶的，也抵不上一個鄉董老爺；我得揀省事的殺！』不凡常，這小夥子是個人物。我楊五也是場面上混了一輩子的人了……」

「你們說怎麼著？」年輕士子忽然一臉告密的緊張，大拇指偷偷從肩膀上指著背後：「那邊，牆犄角兒裡，甚麼時候來的？奇巧不奇巧？」一面說著，捏了捏耳朵，手落到胸前又伸出三個指頭，打了這麼一個啞謎。神色都是機密的。弄得楊五和傅二畜不明所以的望到那個方向，連停在灶台前候著上菜的跑堂夥計也讓這個啞謎引動了。

「會是？」楊五頭一個明白了那個啞謎。

「……」年輕人權威的點點頭。

傅二畜有點不屑似的，只是興趣很濃厚，止不住疑問的張望著楊五。後者用筷子蘸著桌子上的水跡子，寫了個「聶」字。立時掌鍋師父也湊近來打聽長短——鍋裡他那一道菜，火候上準欠了點兒。

傅二畜把棉襖披好，兩隻襖袖空空地吊著。他瞟著牆犄角兒那邊，懶懶的站起，極不情願似的，用一種並不以那邊牆角兒爲目的的神態走過去。那件大棉襖披在身上，好像駝著一個人，兩隻襖袖雖然空著，卻圓渾渾的，保持著微彎的形狀，彷彿生怕跌了下來那樣向前微彎著。在店裡，他慢呑呑的閒繞了一圈，又回到座上。

「你那是幹麼啦？」尤胖子難得笑得那麼俏皮，他總是那麼本分的。傅二畜轉了一遭回來，好像經歷了一件光榮的冒險，胳膊肘兒往後指了指，小聲說道：「那小子，一個人窩在那兒吃悶酒。嗳，是乾兒子還是乾親家？」頭一回對青年士子有這樣的好臉色。後者輕聲道：「老的已經花白的鬍子了，哪還這麼年輕？」其實他們的聲音再大些，也保險那位乾少爺聽不見，然而卻很小心謹慎，每個人的臉色都表示了一點過失感似的。只有尤胖子嗓門照舊：「敢情你又去找人家刀縫了罷！找著了沒有？」

人家一提到傅二畜的行業，總惹他很興頭：「那總免不了。吃哪行飯，吆喝哪一行。你我老友了，可擋不住我登門一次，就瞅你一次脖頸唄！」遂又把聲音壓低下來：「我倒是奇怪，幹麼湊著這個跑來吃悶酒？」

「敢情天良發現，趕著收屍來了也不一定。」這次掌鍋的聲音就小了，縮著本就很短的脖子，好像那樣便可以把聲音壓低。

「呸！還天良呢，他娘的！」

「別呸不呸，你們倆倒是同行。」

「同行？我傅二畜跟那個沒天良的？」

「走遍天下就只有你們這兩種人。」尤胖子把手巾往肩膀上一甩，走回灶上去。然後隔著灶台，擠著一隻眼睛：「殺人不償命的！」

半晌，楊五那個瘦老頭忽然尖銳的笑道：「讓胖爺這一說，絕了不是？」一面環顧著大夥兒，準備隨時再大笑一場。店堂裡其他的客人也都望著這邊，連喝悶酒的那位乾少爺在內。

「我瞧著，噁心！」傅二畜手插進板腰袋裡掏錢：「我說夥計，那口新鍋多少錢？算過來。」

「算啦，二大爺，幾文錢的事，還外氣？」

掌鍋師父又擠了擠一隻眼，隨即彎下腰去擤鼻子，那聲音像撕破了褲子。

「我也該走了。可是啦，我楊五還有抱不平要打咧！」

「走唄！找后大有那兔崽子去。」

兩個人一前一後的出去，有點急急於離開這個是非之地的匆忙樣子。

兩個人去遠之後，這才年輕的農家士子掉過臉去，驚詫的道：「聶大爺，今兒趕縣來啦？」

那個喝悶酒的抬起頭來，彷彿不很認識他。

遠處辦喜事的喇叭又響了，還夾著劈哩啪啦的爆竹聲。

一九五七・三・鳳山

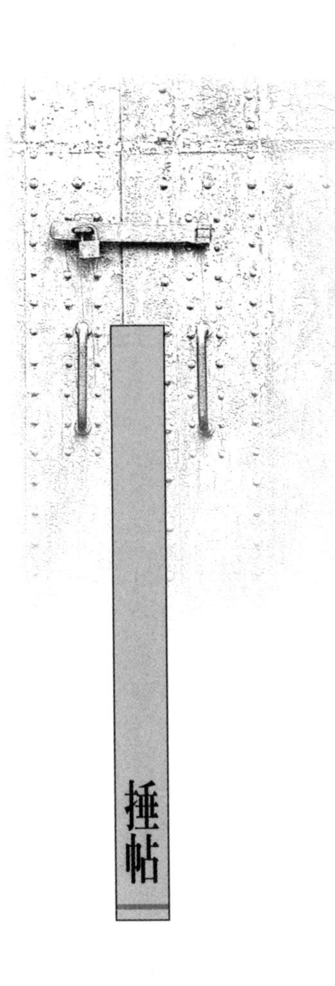

捶帖

祖母騎上牲口，又下來，說驢肚帶鬆了，叫大夥計替她緊緊。

父親帶著家人、夥計已經走到徐家地頭那邊。田野上很多這樣結成夥兒的，扛著鐵鍁、木鍁，還有上供的提籃。

祖母望著二哥，又望望我。祖母要多望我們兩眼，一定要在我們身上大小找點兒錯才行。我蹲在地上，把手縮回來，正經的放在膝蓋上，免得惹她疑心我要撿石頭子兒往口袋裡裝。

「小二，腳是那個樣兒了，你可給我老老實實待在家裡。」祖母臨上牲口，到底還是不放心二哥：「要是到處去瘋，腳爛掉了，我也不給你治。」

二哥抱著場邊的一棵白千層，摳上面的樹皮。那樣子無倚無靠，連祖母也騙得過。祖母又心軟了，應許下次逢集，給二哥買頂新草帽。

頭一天，我們從學屋裡放晚學回家，路上二哥就說：「明天一定去捶帖。」

他甚麼事都要充內行的。他不說「做字帖」。那還是過年趕集，從賣字帖的老和尚那兒看來的。當然我們並不懂得爲甚麼不叫作刷帖，偏叫作捶帖。

我們這一帶——那是說，我們這麼大的孩子能壯膽單獨跑去玩的地方——只有史大善人的大墳上才有那樣一塊大石碑。站在我們大門前的宅子上可以看見一片黑色松林，天天清早都有一個到鄉下逃難來的老頭子在裡面推太極拳。遠遠瞧過去，好像他在那裡一棵松樹一棵松樹的試著推搡，非要推倒哪一棵才肯罷休。

當然我們沒法去到那兒做字帖，凡不是大人們吩咐做的事情，一律都是犯私的；給抓住了，要罰跪錢板子，像跪在刀刃上那樣痛法。

昨晚上因爲今兒放春假，我們磨道得很晚，才從學屋裡回來，到家門前已經天黑。爬上宅子，二哥走在前面裝作瘸子，一扭一拐的，把鞋幫兒當作鞋底，我總要學他的，一扭一拐跟在後面。

「奶奶要是非叫我們一道去添墳呢？」想到這個，我就覺得我們只有永遠永遠望著那一片黑松林，夢想從那塊苔蘚斑駁的大石碑上，揭下一張一張黑底白字還帶著些墨臭的大字帖。

我們一直瘸進二道院子，堂屋裡，祖母守著一大疊錫箔，在摺元寶。瞧著我們頂面就罵：

「小討債的，嫌鞋子壞得慢啦！」

我沒有二哥那樣子的膽子，要不規正過來，給娘發現了，保管要捱兩下脖兒脆，打得跟頭踉蹌。二哥卻迎著罵，一直瘸到祖母跟前，抱著腳直嚷痛，說是給先生家蹲耙，蹩壞了。祖母也不疊元寶了，又是痛，又是恨，又埋怨先生家亂拉學生官差，又忙著燒熱水給孫子焐傷。不管怎樣，我們不用去十二里外的祖陵掃墓了。我這個死心眼兒又不惹祖母疼的孩子，是被二哥撒嬌要脅留下給他作伴的。

天亮時落過一小陣雨，沙灰路上密密的小麻窩兒。驢蹄往後彈著土，沙灰只濕淺淺的一層，蹄印下面還是乾的，叫人見了就想抓一把，當作炒麵搦著玩兒。

「還要多久才過清明？」我在地上抓了一把沙，衝著二哥問道。

二哥低下頭來，望著我瞪眼睛：「今天不就是？傻蛋！」

「不是，我說錯了；我說六月六。」我的手搦著那一把沙。

二哥不理我。他一定也不知道要多久才過吃炒麵的節。

「走吧！快去史家……」我撒掉了那把沙，拉了一下二哥的胳臂。

「忙甚麼！」二哥掃了大夥計一眼。我才明白去史家大墳，一樣也不能讓掌鞭大夥計知道。

祖母他們已經走遠了，幾個黑點點重在一起，分不出誰是誰，只有牲口脖子上掛的幾串金銀元寶，一明一暗的閃動。

大夥計提提套褲繫子，嘴裡嚼著一根麥稭，爬上宅子去：「你都好生看門兒，我下田去了！」

我們跟在後邊，二哥不得不裝下去，歪歪斜斜走回家。大夥計是祖父手裡的老長工，我們得把他當作父輩看，怵他三分。他把牲口套上紅石滾子，又跨進二門裡來，肩膀掛一條大鞭。那鞭梢拖在地上，把剛掃過還留下掃帚印子的地，留下彎彎曲曲的線痕。他看到我們哥倆兒一人一方硯台研著黑墨，就樂了：「唁？這才是正經。生在書香人家，老記著勤寫個仿兒，就沒錯兒。想你們爺爺在世，雙手能寫梅花篆字，遠近可沒不知名的。寫著吧！門戶可留給你小哥倆兒了。」

我們瞟著大夥計折身出去，聽見他吆喝牲口，這才歪歪臉，趕緊分頭去搜尋要帶的傢什！又是盛黑墨水的小玻璃瓶，又是下田送茶用的煨罐兒，又是大筆、刷子，還有破布……路上碰到那些掃墓的，瞪著我們瞧，就猜不著我們要到哪兒幹麼去，怪不好意思。

史家松林裡，男男女女剛祭完墳，星零走了。我們也不擇路走，漫著麥田直奔。苦差事總是我的，猥罐兒裡大半下子水，跑起來可直光盪，把棉套褲和羊毛蒲鞋都潑濕了。「我不幹！猥罐兒你提。」我跟在後面直嚷。二哥頭也不回，彷彿他再遲跑一步，那座石碑就靠不住還能留在那兒了。

松林北面，正有一個人撒開大步往松林裡跑，背上背著糞箕，是個老頭子，跑起來板直著腰，硬腿硬腳的可沒有我們跑得快，一定連吃奶的勁兒都使出來了。眞想不出有甚麼値得他那樣賣老命。

松林的松樹直也成行，橫也成行，斜著也成行。老傢伙先跑進松林，好像穿牆一樣，一面又一面的牆壁，讓人擔心隨時都會一腦袋碰昏過去。

二哥好像也覺得這個老頭子有點奇怪，不敢再朝前跑。那老頭也把腳步放慢下來，望著我們，似乎想試試認清我們，腦袋歪在一旁。

「哈，我當是……我還當是誰，讓你倆小先生拾吧。」

聽聲音，立刻認出他是後莊的湯瞎子。可是他讓我們拾甚麼呢？二哥回頭瞧瞧我，一定也弄不懂要拾甚麼。

「拾甚麼？拾糞哪？用這兩隻手跟你搶？」二哥壓根兒不像同年長的人說話。其實誰個對湯瞎子也都是這樣，好像他瞎了一隻眼就甚麼都不如人了。他側著臉看我們，那一隻瞎眼睛像剛擠過膿的熱癤子，癟癟的，中間有一條潤濕的縫子。他那件破襖沒了領子，脖子顯得很長。我就幫忙替他看看，沒瞧見哪兒有甚麼糞便，也不信他那隻獨眼能瞧得那麼遠。除非他老遠瞧見有人在這一帶出恭。

二哥不耐煩的瞥我一眼，彷彿說：「跟他拾糞老頭嚕囌甚麼呢？臭死人。」我們就不理他，堵住鼻子朝大石碑走去。

石碑上只有正中間一行大字，兩邊的小字也都排得不怎麼整齊。我喊道：「這也不像字帖上的字，怎辦呢？」二哥撩起袍子對著一棵松樹撒尿，回頭吆喝了一聲：「傻蛋！你不到背後看看！」

「背後？」我疑惑：「背後能有甚麼？」跑到大墳後頭，到處張望，甚麼也沒有。但我發現一棵松樹上面有個才纍成的斑鳩窩。迎著放晴的天空，疏疏幾根草，再過十天就能來摸斑鳩蛋了。瞞著二哥，讓他知道了，我只能分到一個。

墳前面，噗啦啦，噗啦啦，二哥在那兒開始用嘴巴噴水。墳上是才添的新土，我一口氣爬上大墳的頂尖上，石碑的背面已讓二哥噴得濕淋淋的，二哥不知躲到哪兒去了。漫著石碑頂上能看到湯瞎子。石頭供台上人家供丟給祖宗吃的零碎祭品，他正傴僂著腰撿拾那個，每拾起一塊，就尖著嘴吹吹，隨手放進另一隻手托著的氈帽殼兒裡。嘴巴還在嚼著。

「不要臉喔！不要臉喔！」我嚷著，拍著手：「二哥，你瞧他拾死人吃的東西。」

「比你早看見！」

二哥一定在大石碑前面。我蹲著，從大墳坡上一路滑下來，找到石碑前。二哥數著大字本後半本空白的仿紙，頭也沒抬：「剛才，他還當是我們要同他搶那個呢，氣死人！」

「眞氣死人！」我附和著；我附和二哥是個習慣，等我覺出這個瞎老頭以爲我們提著煨罐是趕來拾人家上供的東西的，才認眞的氣得要命，想抓把土丟進他的氈帽殼兒裡。

瞎老頭把石供台上收拾乾淨，就坐下來，背靠一只石瓶，開始全心全意的品味著他拾來的東西，還好像不忍心嚼著太匆忙，下顎像一隻倒嚼的老牛那麼緩緩挫動著。

二哥選出一張頂平整的仿紙，上面沒有一根做紙漿時沒有爛透的草梗。他把它摺一道平摺，用舌頭尖從摺縫這頭舔到那頭，舔出一道濕線，就從那兒裁下來。然後恭恭敬敬貼到石碑背後那一片嘖濕的上面。二哥做這，做那，我自然只有一旁瞧著的分兒，下不下手，一下手幫忙就準要承受結果裡面那弄錯的部分。

湯瞎子從石碑前面把腦袋探過來。我注意到，他那隻瞎眼睛一樣也眨著，眞怪。

「嘿，你們搞甚麼鬼！打紙靠子？」他冒冒失失來這麼一聲。手裡拄著糞勺，身子斜探過來。

二哥望我嗤嗤笑，眉毛提成無可奈何的八字形，好像說：「這個甚麼都不懂的老傢伙，眞拿他沒法兒。」

「你那光是水怎麼成！」老頭子眞不識相，把糞勺伸過來，指著我們才貼平整的仿紙。

「打靠子不用漿子成啊？」

「你把那臭傢貨往哪兒伸？」二哥叫著。

老頭子抱歉的笑笑，連忙縮回糞勺，掉換另一頭來指，那骯臭骯臭的糞勺頭便握在手心裡，也不嫌髒。

二哥唧咕著：「給他三分顏色，倒拿去開染坊了！」要是順利，二哥就不發脾氣；貼上去的這張紙，全都濕透了，看來不是那回事兒。二哥暴跳起來：「你走開好不好？瞎老頭你走開！」又掉轉頭喝著我：「不是叫你把破布拿來嗎？」

我記得他沒這麼吩咐過我，但一定是我沒留心。我搶著把那一堆爛布拾過來，雙手捧到他跟前。我敢說，要是我只用一隻手的話，二哥就會說：「拎著煨罐兒，你給我家去吧！瞧甚麼都壞到你手裡。」

「不用了，早你幹麼啦？」到底還是沒討到好。我只能怨沒長三隻手，或者四隻手更好一些。二哥氣虎虎把那張濕仿紙揭下來，握成一團扔掉，重蹲到石碑前面去裁紙。

「是不是水太多了，二哥？那個老和尚沒噴這麼多的水呢。」

「有本領，你做你的！」

我眞有那個本領，但我不要做就是了。反正那一窩斑鳩蛋我是十拿九穩的。我瞧著湯瞎子，他站在那裡，站在石碑的一側。如果他兩隻眼睛都是好的，他就用不著轉動腦袋，正好一隻眼看到石碑前面的二哥，一隻眼看到石碑背後的我。他自然沒辦法這樣，只好把腦袋轉過來，轉過去。牙齒縫兒好似塞進甚麼，一面咂著。滿嘴裡又長又稀的一定是很臭的老黃牙：

「你都知道這是誰家的祖墳，恁麼糟蹋。」其實他是討好逗趣的，該他正碰到二哥的氣頭兒上：「你家的嗎？你那份德性也配？」

老頭子不知道爲甚麼還會笑，要是我，就直著脖子頂嘴了。他笑得聳著肩：「讓我這拾大糞的命，再修三生三世，別想有那造化。人家史大善人，是個甚麼德性！」

「甚麼德性？」我有一個想惹他氣個死的念頭：「腌兒死髒污圾堆的德性。」

他看看手裡的氈帽殼兒，指頭伸進裡面撥弄那些撿來的東西，一點也不氣，反把人氣死了。他吮那指頭上的油水：「那昝子，你都還沒出世啦——光緒年間！你們小人家，不是我說。」

「甚麼光緒年間嘛，光緒年間是古時候啊？」我說。二哥卻白我一眼。他沒再往石碑上噴水，就把仿紙貼在剛才那一片濕印子上。可見到底承認方才沒有弄好，是因爲水太多了。他不肯看我，卻白了湯瞎子一眼：「瞎老頭，好不好把你寶貝糞箕拿遠點兒？擺在上風頭臭死了人！」

「種出莊稼就不臭啦，小先生，」瞎子唧咕著，唱小調子似的：「大糞也值錢，這年頭！論斤秤著賣咧。」他走過去提起糞箕，辨一下風向，移到下風頭去，又回到剛才的位置，抱著石碑，好像這就可以安心站在那兒，站到天黑。

這一次彷彿很有希望，那仿紙貼板正以後，乾的地方留出來，現出碑文的字樣子。

「能刷黑墨啦！」我叫著，好像我們馬上就可以有整本整本的大字帖。「二哥，一本大字帖不是賣聯銀票三百多塊嗎？」

「誰告訴你？五百塊好不好？」

「他那本小字帖……小辮子那本，不是三百多塊嗎？」

「一斤大糞賣到五塊錢啦？」湯瞎子也插進嘴來，我們扭過頭去不理他。

「五塊錢合多少？五個五，五四二十，合現大洋七毛！」他數著指頭，跟他自己算帳：「七毛，五七三十五，三吊五百錢咧！放在光緒年間，一個大子兒倆肉包子，哪裡講理去，他奶奶個孫孫的！」他用握過糞勺頭的手，捏一塊雞蛋皮兒送進口裡。彷彿想到光緒年間那樣盛世年月，要趕緊吃點甚麼才成。他把帽殼送過來，讓我們吃。那裡面最大的一塊五花肉，白白的，像從屍首上割下來的，瞧著就想噦。

把盛黑墨汁的小瓶拿給二哥，巴不得他快點兒動手塗。

天上那些像爛棉花一樣的髒雲已經走淨，天空藍得水汪汪的，松林裡一團團的陽光。湯瞎子就解開當作腰帶的洋麵口袋，把破襖脫下，歪在墳坡上捉蝨子。他那個瘦嶙嶙的赤膊像蒙上一層豆腐皮，皺紋密密的，上面抓出些白條痕子。

「就只有那個大荒年——從沒有過。也不知餓死多少人！」

二哥塗著黑墨，望湯瞎子一眼，笑著道：「又是光緒年間？」

「你別笑，小先生，那是眞的。」他抓著後脊梁。「到處可都是餓死的，屍首上，肉都讓人鏇走了，只剩個雞巴。」

我抵抵二哥，縮著肩膀偷笑。

「你聽他的！——瞎說八道。」

老頭子扭轉過腦袋，用那隻好眼瞪著我們：「哏，不信！妞兒們像你們這麼大，都殺掉吃了，還不信呢！小小子，有的還留著傳種就是了。」

「你是小小子啊？」我覺得說他是個小小子很可笑，就笑得前仰後合的。這時二哥正塗著黑墨，紙上的白字是有了，就只不是石碑上的字體。像化凍的冰琉璃，比原來的筆畫瘦掉一套。「怎不像呢？」我說。

二哥甩過筆來，衝著我額蓋上抹了一下：「臭嘴，你就不能說點兒好聽的！」

「你才臭嘴！」我抹著額蓋，想把指頭上的黑墨反抹他一下。但我挨過去，抹到老頭子的瘦顴骨上。要是從他瞎的這一邊哪怕揮起大龍刀砍他，他都不知道是死在哪個手裡呢。

「黑墨不要糟蹋呀！聖人的。」他抹擦著。發現那是黑墨，就用舌頭去舔。「運數，那樣大的荒年！打從盤古開天地，沒有過。運數！遭劫遭難，都是運數走的。」

「你怎沒有餓死呢？」

「他有大糞吃。」二哥說。我發現二哥在吃甚麼，好像吃桑椹，嘴唇烏黑的，石碑上那張仿紙沒了。他把那張仿紙吃掉了，重又到石碑前面裁紙去。

「你怎麼不會餓死呢？」我問他。他一定吃掉不少的死屍，也許吃了他自己的閨女，瞞著不肯說。他現在忙著吃他破襖領子上的蝨子。

「你怎麼沒有餓死嘛！」我喊著。

「我啊？」他抬起頭望著我，臉上的肉扭在一邊。那一口又長又稀的老黃牙帶著血，眞像吃死屍的。他指指身子下面坐著的墳坡：「不是這位史大善人放賑，不知要餓死多少啦！還有我這個苦老頭？」

我瞧著身底下面坐的這墳，順坡子望上去。這樣大的墳堆，或許要拖上一百掛牛車的土才得堆上這樣大。做甚麼呢？死人埋在下面一定很悶很悶。

二哥又開始往石碑貼上第三張仿紙。現在就是揭下來一張就是字帖，揭下來一張就是字帖，不一定比湯瞎子說明他怎麼沒有餓死更能惹起人興頭。

「那咎子，史大善人放賑。」湯瞎子把一隻胳臂伸進襖袖子裡，往回一抽，把袖子翻了過來。

「甚麼叫放賑嘛！」

「就是嘍！」他說：「放賑都不懂，還是小先生！放糧啦，懂吧？」

「放糧是甚麼嘛？你才不懂。」我抓起一把土撒他：「你懂得我們要做甚麼嗎？」

老頭子撲撲身上的土：「放糧也不懂？放豆餅——打油的豆餅！」

「放豆餅下肥啊？」我覺得很可笑，他亂扯。「史大善人開油坊？」

「豆餅是朝廷上的，懂嗎？朝廷信得過史大善人，就請他包賑，懂嗎？」

「朝廷上哪來那許多豆餅？朝廷開油坊啊？」

「朝廷開甚麼油坊！」臭老頭把破襖胳肢窩兒那裡送到口裡去咬，就像是鼻子埋在被窩裡說話：「史大善人說的，光緒皇上親到西天王母娘娘那兒請來的啦！豆餅上還灑上仙水，吃了可經餓著。」

「屁的光緒皇上！他能到天上去啊？」

「嘿，別瞎說！」老頭子臉色忽然變了：「皇上也是隨便說著玩兒的？」

「怕甚麼！他有多高的梯子？」

「別不懂事兒，小先生！哪有念書人不尊敬皇上的？」

再沒有比捱你瞧不上眼的人數說更叫人無趣的了。我抓過他身旁的糞勺，往石碑上拚命價敲打，好讓他著急，怕糞勺柄子打斷掉。

「別打人家的石碑呀，史大善人的！」他伸手來抓糞勺。但沒有意思非要奪回去不可，只想阻止我不要再敲打，我便用糞勺去刮石碑底端那些乾綠苔。

這一次二哥放刁了，他讓仿紙上顯出字跡以後，用大筆沾著墨，一筆一筆去描那些沒字的地方。那可很累人，我瞧了一會都覺著手脖兒痠。

瞎老頭停下手來，瞧著二哥發愣。「我懂啦！我懂啦！」他嚷著，顯得興高采烈的。「我懂得啦！……」

「你懂得那叫甚麼？」糞勺刮在凹進去的字上，咯噔噔咯噔噔的顫跳。

「我懂得！我懂得！」他固執的唧唧咕咕跟自己說。重又傴僂著背，捉他的蝨子。

「行善落善報，不假呀。史大善人救活多少性命！無其數……放過賑，他史家一下子就發旺了，懂嗎？」

「怎麼呢？」

「怎麼呢？」那隻獨眼好似埋怨我怎都連這個也不懂。「做了好事哪有不發財的！」

「你怎麼不也去放賑？又不要你自個兒出豆餅！」

我望著二哥，已經描出四個大字。那張紙正好足足容下二十個字。

「你不要刮成麼？刮得人周身起雞皮疙瘩。」二哥停下筆，看了湯瞎子一眼，衝著我丟個白眼：「沒出息！」

「你才沒出息，偏要刮！」我就用勁刮那乾綠苔，恨那聲音不夠大。反正那字帖費他那麼大的精神，做成了也沒有我的一份兒。

「湯瞎子，」我喊得很親，故意氣氣二哥：「史大善人到底是好人還是壞人？」

「善人善人嘛，敢情是好人。」

「怎不叫史大好人呢？」善人一定不跟好人一樣，我想。

「是啊，叫史大善人。」他用先前那個法子，把翻過來的袖筒翻正了，又去翻另一隻。

「善人是善人，善人可沒得到善終；到頭來尋無常了。」

「甚麼尋無常嘛！」

「一根繩子掛到梁頭上，吊死啦！」

「上吊疼不疼？」我問。

「那大片家私，甚麼福不夠享的？當了年把和尚才上的吊，也不知怎麼落到那個結局。」

他擤了一大把濞子在蒲鞋頭上。

「當過和尚再上吊，是不是就不疼啦？」要不，怎麼刀子鈍了，人家就說：「這刀，殺老和尚不淌血的？」

「傻蛋！」二哥又插嘴罵人。

「怎麼他要上吊呢？」我用那糞勺刨土，存心想把土濺點兒到二哥鞋殼兒裡。

「他幹麼上吊？」我問。

「說是……」湯瞎子揚起頭來想，眼睛眨上好久：「說是他家從前有個丫頭，史大善人要收她做小房，那丫頭命薄福淺，上吊死了。死了就死了罷，到了陰間才又後悔，又來勾引史大善人，想到陰間去做夫妻，見天附在史大善人身上。史大善人給纏急了，出家做和尚去了。」

「那個丫頭是吊死鬼不是？」

「到底還是把史大善人勾引去了，那個不要臉的丫頭！」

「變成吊死鬼來勾引史大善人的是不是？」

他咂咂嘴，好像光吃糨上的蝨子還不解饞，又想起身邊的氈帽殼兒，打裡頭捏一塊好像是麵筋泡一類的東西送進嘴裡。「史大善人三個老婆啦！修德的。」

「湯瞎子你有幾個老婆？」

不知為甚麼，我忽然覺得他要是有老婆，是件頂可笑的事。

「前世，我有五個，算命先生算的。」他豎出五個指頭，一個個數著看，彷彿他前世的五個老婆變成這五個指頭了，今世還能認出哪個指頭就是哪個老婆。他說：「這輩子得折一折，命裡沒有了。」

「討小老婆的，沒一個好東西！」二哥照著地上狠狠吐了口唾沫。

他望著湯瞎子，希望他能找出理兒來說，討小老婆的也有的是好東西。

那嘴裡的麵筋泡還不肯輕易嚥下去，老是嚼。好像老是嚼老是嚼，能把一個麵筋泡嚼成三個。

「你聽見沒有，我二哥說的？」我伏他耳朵上嚷，似乎他的耳朵也應該聾一個才對。

他把棉襖披上，一面穿袖子，一面歪著臉，用他那隻獨眼湊近就要描成的字帖上，一瞅就瞅了半天。

「你也認得？」二哥閃過身子讓他看，瞪著他。他望望二哥，遲鈍的退開了。

「討小老婆是不是好東西？你不說，我就不給你糞勺。」

老頭子好像曬了一陣太陽，曬得很舒坦，連一句話也懶得說了。只把一隻手朝我伸著，表示他要回他的糞勺。

「是不是壞蛋才豎石碑？」我逼著他問。

湯老頭拍拍屁股，似乎寧可不要糞勺了，也不想再說甚麼。然後他垂下手去，彳亍到石碑前面，蹲下來，很像要給史大善人磕幾個頭似的。他卻是動手去收拾那些燒化的錫箔，裝進他勒腰的破洋麵口袋裡，說那個可以賣給收金銀灰的，去化錫。

二哥總算描成了一張字帖，還不肯立刻揭下來，怕揭壞。

不管是刷的，捶的，還是描的，那總是一張挺像字帖的字帖了。那上面的二十個字是：

濟貧敦鄰

腸仁義道

邇鄉黨揚

波慈悲佛

假年痛失

看不懂，甚麼人都看不懂的。也不像「上大人，孔乙己，化三千，七十士……」那樣讀得順口兒。有的字我連認都不認得。

刻這些字在上面做甚麼用的呢？是不是專門留給人去捶字帖的？

忽然莊子裡有人喊呼，一定是大夥計在找我們。我有點膽怵了。要是能捶出一本字帖，也許我們就能馬上理直氣壯的應他一聲。

遠遠望過去，家後嫩綠的桑園那兒，有幾個小孩子提著筐子跑。只見大夥計揚著大鞭跟在後連追。那大鞭對著空中每揮一下，總要停一刻，我們才能聽見「ㄅㄧㄚˋ——」的一聲。

「怎麼辦？有人偷我們桑葉啦！」

把湯瞎子的糞勺狠狠丟掉，我望著二哥，心裡冷冷的。

一九五八・三・一・鳳山

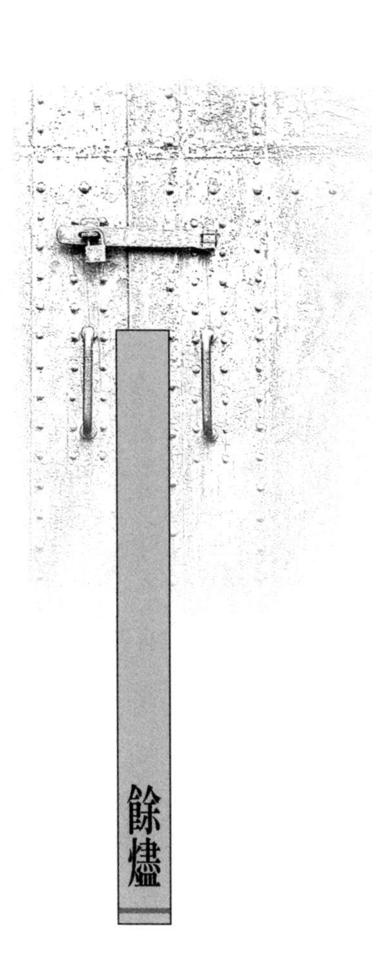

餘燼

一個被反覆說爛的故事，一直都沒有說完就算了，居然沒有誰再追問下去。

當初那一把火，確是把他們哥兒倆合夥苦了多少年的家私統給燒光了；瘸大爺那副雙枴，瞎老三那根引路的竹竿兒，平時都是不離手的，也都沒能帶出來，算是只逃出兩個光桿兒，慘是眞夠慘的。不過若不是靠著瞎老三有一雙好腿腳，背著失去雙枴就寸步難行的瘸大爺；或者若不是瘸大爺那一雙好眼睛指點引路，他們倆不管哪一個都別想單獨從那座小樓上的火窟裡逃出來。

然而聽故事的人多少總有些殘忍，故事聽到此處，只覺得這兩個都是不大被人瞧得起的殘廢，在那樣緊急關頭，居然也有這一手絕招，著實難爲他們了，就沒有誰再去關心以後的日子他哥倆兒該怎麼打發。

這一場火眞是夠瞧的；火勢很猛，一下子就是好幾家店面捲進去，救火隊趕來時，業已燒去了三兩家。水龍頭噴上去幾丈高，噗噗啦啦打在房子上，迸著水花，水淋淋的瓦片給打得亂飛，火窟裡就像亂槍一樣乒乒乓乓的爆炸，漫天都是黑煙和白煙，和流竄的火蝗子。

幸好後街有條河，救火隊黑漆的水斗子排成一條龍。然而就是那樣，火勢還是壓不住。

人們日常生活裡儘管一天也離不開火，一點也不稀罕了。可是失起火來，總還是被喚起根性裡從古代流傳下來的那種敬畏和恐懼，以及沒有燒到自家頭上來的那種興味。火場四周，救火的少，觀火的多。這一對殘廢從火窟裡好不容易脫逃出來，頂頭就給這些裡三層外三層的人牆阻住了。這哥兒倆的身上，一處又一處冒著煙，渾身又像剛打河裡爬上來，一路淋淋漓漓的滴著水。

「光了！這下子……啥還不光？都光他個孫子……」

瞎老三又驚又累，直喘粗氣，一面挑大了嗓門兒不住的喳呼。彷彿這樣氣急敗壞誇張的瞎喊，瘸子就會告訴他，別這麼著，這火燒不起來的。瘸子卻像死人一樣，爬在他背上一聲也不響。沒有眼睛的人，就苦在不知道這火到底燒有多厲害。

火起時，瘸大爺還歪在鋪上歇午打鼾兒。瞎子眼睛不中用，鼻子可比誰都靈活，第一個就嗅到那股子煙臭，樓下果然就有誰喊呼著：「失火嘍！」嘴說不及，火舌便打外面舔進臨街的窗子裡，一股撲臉的熱風。瞎老三就知道情形不妙了。剛才上樓來，爲的是忽然想起昨天晚上上澡堂之前，瘸大爺把剛又存放了五十大洋的永祥錢莊摺子交給他。當時接下來，倒是謹慎小心的裝進襯褂臉前的小口袋裡，誰知洗過澡，就忘了打換下的襯褂裡掏出來，幸而這件襯褂還塞在鋪頭上，小學徒一上午忙裡忙外沒空兒拿下來洗。誰又知道從澡堂回來夾著那一抱衣裳有沒把錢摺無意的滑掉了呢？就連忙爬上樓來看看——當然不是用眼睛看看了。還好，錢摺找著了。瞎老三正坐下來算計著，算他們存放在永祥錢莊裡，連本帶利究竟多少了。沒等算計完，這就出了事兒，忙把摺子往懷裡一揣，掉過頭來就衝著瘸子喝：

「不得了咧，起火啦！」

瘸大爺猛醒過來，一翻身便跌倒在樓板上，跌得可不輕。可儘管膝蓋骨痛得直冒汗，一見滿屋子都是煙，臨街的窗戶又已進了火，就算是把這條好腿也跌折了，也顧不得那許多了。

「壞事兒啦！夥計！」瘸大爺滾著爬著搶過來，一把抱住瞎老三兩條腿，就攀著往上爬。他這一聲尖叫，似乎把火勢一下子又鼓得更大了。

「我的竿兒咧！我的竿兒咧！」瞎老三急得團團轉兒，找他那根引路的竹竿兒，忙著就想搶下樓去。

經這一提醒，瘸大爺才想起他的雙枴。可不是掛在那邊鋪頭上麼？火頭已經打那上面的簷縫裡鑽進來，椽子上也著了火，他可不敢爬過去。又惟恐瞎老三一走，丟下他困在小樓兒上，不等燒上身，也叫煙氣燻死了，便死抓住瞎子，再也不放手。那根引路的竹竿兒可正靠近他手邊兒，一狠心，便抓過來漫著窗口丟出去，逼得瞎子反過來求著他帶路。

這哥兒倆糾纏在一起，就由瞎老三背起瘸子搶著下樓了。

「往左，往左……」瘸大爺嘶喊著。偏偏瞎子給一股濃煙嗆糊塗了，辨不清方向。「往右偏！往右偏！要命！」他得一面喊呼，一面把瞎老三的耳朵往左拽，或是往右拽。

樓梯的扶手已經在冒煙。「靠牆走，慢慢兒的下樓梯！千萬不能再往左靠啦，夥計！」瞎老三也能感覺到，左半個身上都是熱的。「光了，這下子啥都光了……」就因爲不甘心絕望，才老是這麼嗜呼。他哪裡知道，當頂一片天花板正帶著火苗朝下塌，再遲一步可就把他哥倆活生生給埋進去。塌是塌在兩人的背後，搧起一股子熱風，險些兒也就把瞎三嚇倒了。

「別慌，一步步下……」瘸大爺光叫別人不要慌，自己渾身在哆嗦，壓得瞎子也抖得站不穩腳步。

樓梯拐彎兒地方，迎面那一面木板子牆壁可像致敬似的衝著他倆傾下腰來。板壁背後湧進一股子白煙，三四條火舌爭著舔進來。「快快，趕快往左轉，搶兩步！」有眼睛的急得直扭沒眼睛的兩隻耳朵，煙氣把兩個人塞死了，一聲連一聲的咳嗽。左鄰右舍一片嘶叫，樓上樓下又是一片迸炸折裂，和火的呼嘯。平時他哥倆上下雖然不方便，可是從來也沒有覺得樓梯像今天這麼長，似乎這是從天梯上往下下。兩個殘廢恨不能合併做一個人；一個恨不能那雙好腿腳長在自己下半身，一個恨不能那雙好眼睛生在自己額頭上。恨儘管恨，不能還是不能。

接著又是一塊板壁往下塌，攔住了哥兒倆，它倒又一時下不了決心是否要扎扎實實倒下來。密密的小火舌兒給板壁周圍邊邊兒上鑲了一圈狗牙花邊。瘸大爺害怕衝過去，會燒上身，瞎子可急得只管亂跺腳。

「衝過去——嗳，不行！」

沒有腿的叫喊了一聲，又急忙勒住座騎似的扣緊了瞎老三的脖兒頸。「還是稍稍等一下吧。」他說。想乾脆等這塊板壁死心塌地的倒下來，再從上面闖過去，免得給壓到底下燒個老實的。

瞎老三沉不住氣，急得直打轉兒。最後瘸子還是狠一狠心，吩咐瞎座騎打這塊燃燒的板壁底下闖過來，火炭兒可就要撒落滿身了。要不因爲下一段兒樓梯也眼看往上冒煙，瘸大爺可還得猶疑一下子。

樓下店堂裡，前門後門統給濃煙堵死了，分不清哪邊先起的火。頭頂上，樓板一條條裹著火往下掉落。看店的小夥計沒影兒了，架子上一捆捆的火紙，一封封的蠟燭，燒得正熱鬧著。

「完了！店是完了！」

瘸大爺絕望的擂著瞎子腦袋，好像火是瞎子放的。熱煙幾乎把人給逼死了。

「往這邊轉，快忙走前面店門！」瘸子撕扯瞎老三的嘴巴子，往店門那個方向支使。那也是碰碰運氣。

「你還是把帳本搶出來吧。」瞎子不甘心這就闖出去。

「逃命，你這個財迷心竅的！」

店門門上檻已經垮下一塊，再遲就怕鑽不出去。「門塹哪，夥計！」瘸大爺喊岔了聲。頂面就給射過來的水龍打得站不住腳，哥倆兒跌到地上，跌散了夥兒。

經過冷水一澆，瘸大爺倒是清醒了不少，這才想到眞得把帳本兒搶出來。不的話，精著屁股逃出去，往後怎麼辦？好歹有本帳本兒，總能收些帳上來，虧他瞎老三性命交關的節骨眼兒裡還想到這些身外之物。

瘸大爺便在地上滾爬著往帳桌兒那邊拚命，地上淨是些冒煙著火的槓子板子，牆角兒的一排囤搭座也一層層燒斷了，那裡面的綠豆、小米兒、紅小豆，統像淌水似的崩崩炸炸往外流。紅燭熔化了，滿貨架子上流著鮮紅鮮紅的血，「血本兒喲！燒的是血本兒！」瘸大爺也無心戀棧這些個，幸而帳桌兒還沒碰上火，只是一塊櫥門斜倒在那上面。

謝天謝地，陳帳新帳兩本讓他搶到手。這還要爬回去，不能握在手裡，滿地上都讓水龍澆成小河。就把兩本帳本兒捲了捲，塞進後領口兒裡。

哥兒倆總算逃了出來。一路上，瞎老三不住嚷嚷著：「光了，這一下還不甚麼都光了？他娘的，光了……」從他知道救火隊已經趕了來，多少總有了點兒希望。這麼樣的窮嗐呼，就會把瘸子弄煩了，轉過來糾正他：「瞎喊個甚麼勁兒？哪兒就燒光啦？你圖點兒吉祥好不？夥計！」

可這死瘸子一直都像是壓根兒沒聽到他喊呼甚麼。瞎老三心裡就愈沉，一如背上的瘸子愈來愈使他覺得沉，再也馱他不動。

逃出火場，滿街上一條又一條盡是大蟒一般的帆布水管。大家不是光顧著救火，就是光顧著看火，沒有誰過來幫他們一下，由著這一對殘廢跌跌絆絆的那兒掙命。瞎子背瘸子，是個稀罕景兒，帶著小學生做遊戲的味道。逗得一些閒人覺著失火已經夠熱鬧，又添上這麼個新鮮的玩意兒，眞是拎著棍子也找不到這個見識。

對街斜吊角兒裡，是一座灰撲撲的城隍廟。瞎老三哪一天出過這麼大的力氣來著？算是硬撐著捱到廟門前，把瘸子卸到門口的石台兒上，喘得平不下氣來。

「娘的，你可把人累死了，少一條腿也還這麼沉！」

「別怨了，夥計！逃出命來，還不算是洪福齊天！」

瘸大爺赤著襪底兒。掉一隻鞋，在他可就等於掉了一雙鞋。

「你看吧。」瘸子褪下貼在腳上的濕襪子，一面甩著。「洋襪子也燒上個窟窿眼兒咧，又給水龍管兒澆濕個孫子了，眞他娘的水火無情。」

瞎老三還在直喘著粗氣，抹著汗，一雙深陷的眼皮急切的眨巴著。

「怎麼樣了？火可下去了點兒？」

「下去？淨冒白煙兒，不上來就算皇恩浩蕩。」

「冒白煙兒？我日他娘！」瞎子頓著腳。「救火隊是吃飯嗲？救這大半天了，還冒白煙兒？」

「歪好也給我留下那副雙枴，還能走能動的。這可好了，寸步難行。別妄想甚麼了，夥計。」

滑到褲腰裡的那兩本帳簿，梗得不舒服，這才瘸子想起，手從褂襟兒裡伸進去，勾到背後把捲成捲兒的帳本扯出來。

「對了，老三。」瘸大爺扶著門旁的石獅子掙著站起來，可是看了看手裡的帳本兒又遲疑了。

瞎老三還在等他的話。「你手裡抓的啥玩意兒？」不知道他是憑著鼻子還是耳朵覺察出來的。瘸子一慌，忙把帳本避到背後藏著。憑這兩本帳簿，少說也收得上五六百現錢，抵得上永祥錢莊存放的現洋。

「對了，老三。」瘸大爺一下子想到永祥錢莊，就喜上眉梢。「總算錢摺還在你身上，還有……」說著把避在背後的帳本捧出來，可是不由得又打個頓兒。

「啥的錢摺?」瞎子立時像個木頭人，愣在那兒。

「不是昨晚上還給你的，親手裝進你貼身荷包兒裡頭了?」

瞎子似乎這才想起來，突然一陣子生了瘋似的，慌忙的裡裡外外翻起那一身濕衣裳，手插進懷裡摸來摸去。

「還啥的荷包兒?哪兒還有荷包兒?眞他娘的，早不，晚不，單巧昨晚上上澡堂子……」

「怎麼說?」瘸大爺的眼睛都直了。

「這……他娘的，不是神差鬼使麼?早不上澡堂，晚不上澡堂，這這……這……」瞎子急得撕著衣服直結巴。彷彿雖然明知完了，還不甘心的渾身拍拍打打的摸弄。「我……我說瘸子，這一下子把咱們哥兒倆燒得乾乾淨淨了。」

這使瘸大爺絕望得直發抖，一隻腿站著吃力，就又坐下來。他那隻腿是齊根斷掉的，整個空空的褲筒兒摺疊起來掖在腰裡，看來很像中山裝上的大口袋，正好也是那樣的位置。只是經過瞎老三背他背上這許久，自己又在店堂的地上爬上一陣子，整個褲筒兒全都從腰裡揉搓掉下了，拖在地上又濕又髒。若是面前有盆水，他可以不用脫掉褲子便能洗淨它。

「這可是寡婦死了兒……」心裡頂上來這麼一句疙瘩話，也沒有那個興頭說出口兒了。

「再仔細找找看呢?要不，我來幫你找找。」瘸子臉色煞白的像張紙兒，一星星的妄想還在他心裡閃爍著。有眼睛的人總是信不過沒有眼睛的人。

「還找個屁!」

瞎老三好像是害怕瘸子這就動手脫他褲子似的，慌忙往後退了退，可忽又跳起來：「你瞧我這個記性……」

瘸大爺心裡那一星星妄想，忽然之間重又迸亮了，搖搖晃晃扶著石獅子站起來。「在身上？夥計？」

「我只說，我那根竿兒日夜不離手的唄。」

「塞在竿兒裡啦！」瘸子不由得一條腿往前縱了縱，眼睛珠子瞪得就要掉出了眶子。「你哪裡不好塞來，單往你那根鳥玩意兒塞，塞得好哇！」

瘸子這麼埋怨著，可是只他心裡有數兒，正當十二萬分危機的那個當口兒，那根寶貝竿兒被他輕輕悄悄漫著樓窗扔出去了。六百三的錢摺，就那麼輕輕悄悄兒丟掉了，一陣子又悔又恨。爲人不能存心不良呀，眞想趕回去跳火坑得了。

「事到如今，還他娘的怨個啥！」瞎子似還害怕瘸子跟過來脫他褲子似的，又往後退了退。

「早知道，昨晚上不交給你了；只說你沒眼睛，心細點兒。」

「別放他娘的馬後炮，要有本事未卜先知，說啥也把那根竿兒帶出來了。」

「你眞推得乾淨。」

瘸大爺重又坐下來，捧著腦袋愈想愈懊惱。

「誰料得到來？早知道要尿炕，熬著一夜不睏覺咧，」瞎老三伸著一雙手，往前試著腳步挪動。手觸到一團兒挺濕的頭髮，便傍著瘸子坐下來。石台兒可冰涼。「命裡注定的，別懊惱了。」摸索到瘸大爺的肩膀，輕輕拍著說：「想辦法到永祥去打聽下子唄，雖說摺子丟了，他錢莊裡總有帳，拚著賴個幾成，總不至於不認帳唄。」

「靠不住，開錢莊的哪個不是刻薄鬼！他要是不認帳，你咬他老鳥！」

瘸大爺摸著腦袋，眼睛瞪往斜對街的火場，心裡就決定獨吞懷揣著的這兩本帳簿了。這把火一燒，哥兒倆不拆夥也不行。然後慢慢兒收點帳上來，店是一時開不起了，只好擺個小攤兒慢慢兒熬著再說罷。可是心裡老是嘀嘀咕咕丟不下那根竿兒，一陣子恨起來，咚咚的搥起腦袋。漫著街窗扔出去，八成落到街心。火燒得怎麼大，總也燒不到地面上。似乎還有點指望。這就去找嗎？要真要找，就得現在去，可又怎麼跟瞎子張這個口？那玩意兒怎麼就會掉到樓窗外啦？這話跟瞎子張不開口，不能直說。那邊火勢雖已漸漸下去了，他哥兒倆現在若想闖過去，也萬萬做不得，白去礙手礙腳的，救火隊一定也不准他們挨近去。只盼著沒人瞧得起那根三尺來長的竹竿兒，火下去了，街心淨是碎磚碎瓦的，扒扒找找，可不是找得到嗎——這都是如意算盤。果若真的找得到，他心裡衝著背後的城隍老爺發誓允願，要獨吞，就不是人揍的。就是懷裡揣的這兩本兒帳簿，二一添作五，兩人平半兒分帳也不含糊。這是允的願，但看城隍爺公道不公道，顯靈不顯靈。

「也真怨我。」瞎老三的腦袋埋在膝蓋裡。「單巧昨晚上神差鬼使的去上澡堂子。」

「也忘記交給我放著了。」

「也想著交給你，一尋思，折騰來折騰去的，乾脆，老法子，塞到竹竿兒裡頭吧，向來不都是那麼辦的？他娘的，事到如今還說啥？」

瞎老三那根引路的竹竿兒，使用也有六七年了，竿頭上帶著個小機關，拔開一旁那顆暗榫，莫說是小小的帳摺子，另外再塞進十張二十張鈔票也不費勁兒。

「只怨你唄，」瘸大爺冷冷的說：「早你怎麼不說呢？你這個糊塗蟲。早你要說了，拚著火燒到眼眉毛，我也把竹竿兒搶出來了。」

「說你黏頭嘛，死講你娘的黏理兒！誰還願意不聽響兒就把六百三十塊大洋送掉嗎？」

「命根子，夥計！連命根子也不放心上，你說你還有個鳥用？」

「先別怨啦；要怨，也怨你，那個節骨眼兒裡，怎麼你也不提醒我咧？」

「喝，夥計，你倒反磕一耙了。」

「那你娘的就別再怨天怨地了唄，誰還願意讓它白燒掉？混球兒心裡才舒坦！」

「舅子心裡才舒坦！」

瘸子心裡禱念的還是那根裝著六百三十塊錢存摺的竹竿兒，一線希望，但願那些趁火打劫的閒傢伙壓根兒也瞧不上一根三尺來長不打眼兒的竹竿子，但願壓根兒就給碎磚碎瓦蓋住了。那樣的話，連收上來的帳湊合起一吊多的現洋，哥兒倆夥著重新再把生意拾起，誰敢說這不是他一個人的功勞！要不搶出兩本帳簿；要不搶著把那根兒竹竿扔出窗口，強似留在裡面一夥兒燒掉；要不是他指使著瞎老三左轉右轉，前走後退，哏，還剩下個鳥？小命兒也保不住了。

「叫你把帳本兒搶出來吧，嘿，你是有眼睛的人，這話，我他娘的也不多說了，別又說我怨你咧。」

瞎老三悶了半天，可也找出這個回敬的藉口。瘸子給他這一頂，心虛的愣瞪著眼睛，半晌不知道該怎麼回嘴。

「事情過去了，說也是白說，怨也是白怨。」瞎子顯出不知有多寬宏大量。「話又說回來，如若帳本搶出來，好歹收上幾百塊錢現錢，總還他娘的……這也是白懊惱咧！事到如今，人家就是存心賴帳，你又憑啥去討債？唵？總算他娘的倒楣倒到底兒咧，白說白怨白懊惱，有個鳥用？」

瘸大爺被揭短揭得冒了火。「橫直啊——也不知道是我陪著你倒楣，還是你瞎子陪著我倒楣就是了。」

「唷，有一個走好運，也把另一個帶上了；別美得像個潘金蓮兒，尿泡兒尿，照照你那副皺相唄！」

瘸大爺火了。「就怕那個沒長眼睛的，尿裡照出個豬八戒，還當自己是個仙女下凡來。」

「你神氣個啥！有能耐，一條腿兒打樓上往下跳唄。娘的，別裝熊，硬叫爺背你下來。」

「好啊，老天！有本事，幹麼自個兒不瞎摸著出來？夥計，不是爺領路，早燒成這麼一點兒長了。」瘸大爺用手比畫著。

這哥兒倆你揭短我，我揭短你，伸著脖子吵嘴，誰也不相信他倆剛從生死關頭裡合夥兒逃出火窟。

火是下去了。傍晚那種灰暗落寞的天色，彷彿是被這場大火燻燎成那個樣子。戴著梧桐瓢兒黑盔的救火隊，拖著水龍頭，也拖著一身的困乏和狼狽走了，像灰心喪氣的一小群敗兵。

城隍廟門口的石階上，左右遭火的街坊們搶出的不成錢的破爛，都架在這兒。唯獨頂嘴的這哥兒倆，看上去連這些不成錢的破爛也沒有搶出一點點。

「別盡在這兒拌嘴了，夥計，給人瞧著當笑話。」瘸大爺不一定是個大胸襟的人，心裡念念不忘的倒是那根竿兒。「正經的，咱們倆還是回去瞧瞧，看看還落下點兒甚麼。」

「還落他娘的鳥毛灰！」

「你不去，就留這兒瞎等吧！爺們兒也犯不著求人。」

其實憑他一條腿，他能往哪兒走？雖只三四百步，離了雙枴，那就只有滾著爬著回去。若是過街這麼近，或許還能憑著一條獨腿磕過去。

天黑得很快，說黑就黑了。四處炊煙齊往彎曲的街裡漫進來，摻和著晚霧，小城裡的黃昏總是這樣曖昧。這辰光，就惹得做娘的想起撒野的孩子，拎著冒煙的剔火棍到處吆呼：「拴住兒——噯！」「招弟兒——咂！」都是有關子嗣的小名兒。那腔調也是小城裡特有的晚歌。「還不家來供五臟廟！」那麼咒罵著。

瞎老三雖是沒有眼睛的殘廢，憑鼻子和耳朵，也知道天有多早晚了。無家可歸的悽惶，重重壓在落難之人的心上。但他總沒有瘸大爺更焦灼；那些拴住兒，招弟兒，儘管做娘的叫啞了嗓子，可都充耳不聞，大約全都聚在那邊火場留下的廢墟裡，喊呀笑的不知有多樂，平常可真找不到這麼新鮮的遊樂場。那根竹竿兒就眞靠不住要給孩子們撿去當馬騎了。六百多塊大洋，一根不打眼的竹竿兒。哪個孩子如若撿給他，眞肯買匹眞馬給他騎。一匹大騷馬也不過百十來塊錢罷。

「我可沒閒工夫跟你瞎吵。」兩個人不合轍時，瘸大爺總是滿口夾著些「瞎」字，「就說不回去看看，就說這把火燒得甚麼也沒落下，永祥莊那邊總得趕緊去掛個失吧？」

「燒都燒光了，又不是丟掉，還掛它娘的甚麼失！」

「照你這麼說，咱們那點積蓄就黃了不成？」

「他永祥錢莊刻薄成家，誰不知道的？」

「難道他賴！」

「日他娘的不用賴，沒搯子，你還憑的啥？打官司你也別想打得上。」

天哪，瘸大爺心也要急得冒出來了，不由得暗自叫苦。「橫豎，這麼著了；咱哥倆還是先回去瞧瞧。」爲那根塞著六百多塊的現洋的竹竿兒，瘸子不能不遷就點兒。「來吧，夥計，還是勞你馱一趟，不定店裡剩點雜糧甚麼的，弄點兒來，借個鍋灶燉粥，歪好把今晚這個肚子打發過去，明天再說明天話……」

「沉得像頭肥豬，爺可馱不動了。」

「好歹這是你我哥兒倆的事，難不成光爲我瘸子一個麼？」

瞎老三眨巴著眼睛，誰知他打甚麼主意。

「來吧夥計，要走趕緊點兒。說不定剩點甚麼，讓些趁火打劫的傢伙搶先一步收拾光了。」

說著就硬往瞎老三的背上爬，彷彿那是一匹很不馴的牲口，只剩沒銜他撂蹶子。爬雖爬了上去，瞎子自覺簡直成了一條小毛驢兒，眞不甘就那麼順從，要走不走的。他要是眞的打定主意，瘸大爺可還不能像騎在牲口背上那樣的照屁股上抽他兩鞭子——手上也沒鞭子。

「夥計，還有啥扭的？走不走，總是壓在你身子。好歹到了地頭，你找根棍兒，我找根撐子，湊合著就不用勞累你了。」

「敢情你舒坦，」瞎老三倒是挪動了。「算爺扛一口死豬罷。」

只要瞎老三肯背他回去，死豬死狗都沒甚麼，找不到那根寶貝竹竿兒，總算死了心。不過瘸子心裡盤算著，若是找得到，跟不跟他瞎子平半兒分？皇天在上，后土在下，爲人不能做虧心事，若是找得到，不光是錢搭，塞在自己背後的這兩本帳簿也拿出來，合起來重拾起生意也罷，分開了各奔東西也罷，落得個心安理得。城隍爺你多保佑，別弄得找不到寶貝竹竿兒，逼得我把兩本帳簿獨吞了，喪盡天良的。瘸子使用這個跟城隍爺討價，略微帶著點威脅。

「快了，只剩五十六步了。」他安慰著累得呼呼兒直喘的瞎老三。「嗳，對了，往左彎一點兒，當心有個水窪兒。」

其實少說有兩百步那麼遠。

遠遠望去，那些叫作拴住兒、招弟兒的孩子，可不正在那些殘破的牆框子裡穿進穿出的追著打鬧麼？瘸子心裡一勁兒涼。瞎老三的後腦勺兒老把他的視線給擋住，忙得他左右探著腦袋去張望。

彷彿那些打鬧正酣的孩子，每人手上都持著根棍子耍。但願那些做娘的別繳他們械，收回去當作剔火棍。

「他娘的，你老實點兒。」瞎子耐不住他這麼一左一右探頭探腦的張望。「你瞧你舒坦的勁兒，遊花看景兒啦！惱起爺來，我把你橫在這兒。」

瘸大爺沒心腸管他的座騎怎麼叫喚，一眼就發現他這片燒剩個黑洞的店門前，在那些傾塌的瓦礫中間，露出尺把長蠟黃蠟黃的竹竿梢兒，簡直等不得趕到跟前就要從瞎老三的背上滑下來，也忘掉指點瞎子怎麼走，差點就絆倒在破磚破瓦的堆子裡。

一枝三尺來長，麵軸兒那麼粗細的竹竿兒，靠上端有一截兒木頭把手可以擰開，裡面空心兒，二十文一枚的銅元裝得進一吊錢，瞎老三除掉貼身的荷包，身上不管哪裡也不敢裝値錢的玩意，盡都裝在這裡面。

瘸大爺從瞎子背上滑下來，跌跌爬爬的忙著搶過去。「夥計，竹竿兒可不就在這兒！我說沒錯兒吧……」眞像掉進大河裡正當垂死掙命，忽然抓住了甚麼似的，瘸子一把揹住這枝竹竿露在外面的一端，狠勁兒往外拖。「我就說，咱們得趕緊回來瞧瞧，你就不信邪，還扭著。你瞧，這一下咱們可就有救了……」

瘸子急促的想著，總虧我漫著窗子丟出來了，連同搶出來的兩本帳簿，可都是我的功勞。

我若獨吞了，你瞎老三可一點不知情。一回頭，卻見瞎老三伸直了雙手往前摸路，試著跨進黑糊糊的店堂裡去。

瘸子坐在爛泥窩裡，動手去擰那竹竿兒上鏇木把手。竹竿兒給水龍頭澆濕了，鏇木把手見水就脹，又緊又澀，非要很有點兒手勁才擰得開，偏偏心裡喜極慌極，手底下用不上力氣。

一時孩子們圍作一團，看他這樣吃奶的勁兒都使出來了，還是擰不開，就教他用牙齒咬，或者就用磚頭砸。好心的孩子找來一塊挺合手的石頭，硬派給他。

「滾開！滾開！」

瘸大爺耐不住這些煩擾，覺得這樣受教於孩子似乎很塌台，就遷怒到這根頑強的竹竿兒身上，高高的擎起，衝著一塊大磚頭打下去。孩子們驚惶的四散跑開。果然這一擊，把那個木把手擊斷。漫天盡是傍晚起飛的蝙蝠，那飛上天去的木把手跟牠們不分了，天空裡滾著轉著，然後落到對街人家瓦楞子上。瓦房頂上生滿了灰綠灰綠的瓦松，木把手落到那上頭，起先倒還蹦蹦跳跳滾了一陣兒，終被瓦松中途攔住。就有那麼許多不遂心的巧事兒都聚到一起了。

孩子們可眞樂極了，原以爲瘸大爺豎起竹竿兒要揍他們，一見這光景，可都捧著肚子笑。不過也有的很熱心，忙著商量怎樣替瘸大爺把它搆下來。

竹竿兒裡面竟然空空的啥也沒有，不放心，倒過來磕了又磕，人已冷了半截子，只磕出一只翠綠的小玉墜兒。

街對面，無法無天的孩子們正在那邊打墩兒疊羅漢，要上去搆那個木把手。錢莊的摺子雖不大，塞在木把手裡還是緊緊的。但願這摺子還夾在斷掉的那一截兒裡。大約不會在空中飛落了；那玩意兒就像摺扇一樣疊起來，若是空裡飛落了，便準會一下子散開來，至少有三尺長，就像蜈蚣風箏放到天上去的那個樣子，萬不會掉出來，這就還有一半個的奔頭。

兩個孩子打墩兒，一個站到另一個肩膀上，上面一個站不穩，兩隻腿直發抖。下面那一個又因爲挺吃力，兩腿也是在發抖。其餘的孩子們暴躁的喊叫著：

「往上一點呀，再往左邊一點個。噯，對了，用勁兒挑……」

站在上頭的那個孩子正巧給屋簷遮住了視線，探到屋上的竿子盲目的胡亂戳弄著，孩子們亂喊亂叫似乎把他給弄糊塗了，分不出是左還是右；好像照鏡子剔牙那麼扭，老是把一前一後的位置弄顚倒。

「往下勾呀，蠢死了。對了，往下勾……」

大夥兒就不知道被屋簷遮住眼睛的那個孩子有多爲難。

那個吊盡人胃口的木把手，滾滾停停的總算落到地上了。孩子們一窩蜂的搶上去，好像瘸大爺會賞他們甚麼似的，搶著送過來。

這時節，瘸子那顆心好似提到脖頸裡頭掛著了，脊梁骨兒一勁兒直冒汗。那個搶在最前面的孩子，把空心的木把手套在食指上，朝他奔過來。

瘸子可傻了，雖然不用看就已經明白那裡面準是空的，可接到手裡仍然認眞的瞅著裡面，看了又看。

瘸大爺一張臉拉得老長，拄著竹竿兒氣咻咻的爬起來，東倒西歪的直往他那燒煅得不成樣子的店門裡撲去。兩本帳本兒在背後的衣衫裡跟著跳動。

「我問你，」居然能一條腿勉強站了一下兒，用那竹竿兒指著瞎老三。「你想獨吞是不是？摺子呢！」

瞎子正蹲在地上拔鞋。

「摺子？哪來的一陣子瘋，又想起了摺子？」

瘸大爺一隻腿往前縱了縱，靠到已經燒成木炭的門框上，店裡黑得差不多甚麼也看不見，他把竹竿兒一頭戳到瞎老三手裡。

「你看看這是啥玩藝兒！」

「這……這不是我那根……」

「虧你還認得出！」瘸大爺齜出一口黃牙，恨不能咬他一口。「我問你，摺子呢？」瞎老三發半天愣，一勁兒橫來豎去的摸拭那根竹竿兒。

「古怪吧，你說，這是誰打樓上搶出來，又把裡面的錢摺磕走個孫子咧！」

「說的是古怪，竹竿掉在當街上，磚頭瓦碴兒蓋著，抽出來時，木把手可是好好兒安在上面。鬼把摺子磕去了。」

「呃，老大，你怎麼這樣說話？」

「我怎麼說？我說你吃獨食了？鬼才瞧見你把摺子塞到竹竿兒裡！」

「他娘的，難道說我藏起來咧？要也不過這一身皮，來翻吧！」瞎老三掀起對襟褂兒抖著，又把貼身把在脖子上的荷包拉出來給他看。

「誰知道預先藏到你哪個親娘×裡去了！」

「日你娘的別嚼舌頭，火是我放的？我預先就有安排？」

左右街坊人家都打著燈籠、馬燈，在火後的廢墟裡穿進穿出的善後，唯獨這哥兒倆，一個門裡一個門外的對著吵。沒有誰來給他們說合。兩個人都餓了，火氣就更大，要是有一個不是殘廢，早也就動起武來了。

天色已經黑透了許久，天上一顆星也沒有。對街一溜幾家店鋪不知爲甚麼，上門上得這麼早。左右街坊的燈籠和馬燈，也都走的走，散的散。黑裡似還認得出火後的門框有多黑。刺鼻的煙燻臭，漾在一場噩夢過後的哀傷裡，困倦裡，和絕望裡，昨天這會子的那些繁鬧，那些人世，安樂和飽足，消散得一點憑據也沒有了。

「你不交出摺子，你今夜就別想過過去。」

瘸大爺拄著兩塊沒燒透的樓梯扶手，下了狠心非把那個六百三的錢摺逼出來不可。

「你想吃獨食，孫子才甘心！你不老老實實交出來，就別想熬到天亮。我可告訴你。」

「藏到皮裡肉裡了。有種，你就剝我的皮找吧。」

瞎老三的周身上下，他都翻過摸過了。儘管搜不出，他可認定這個刁瞎子不知把錢摺藏到甚麼地方。他瞎子總不能要錢不要命，逼緊了總會拱手交出來。

「爺管你藏在皮裡還是肉裡，除非連你個小命兒也不要，你就護著吧！」

「你娘的×！我看你疼錢疼得生瘋了，再不就是火把你燒瘋了。不用你逼死逼活，如今萬貫家產，一把火燒得精光，除非你另外偷著積蓄，你也活不不去。」

「我積蓄個鳥！」瘸子一用勁兒，左手裡那根燒得半糊的棍子折斷了。

「那就行，」瞎老三竹竿兒敲著地，慢慢兒摸索著挪出門來。「你心裡沒鬼，我心裡也沒鬼。這就行，反正咱倆燒得精光，都活不下去，街後頭就是河，跳去。」

「好主意！」

「誰心裡有病，誰有數兒。」

「敢情是。誰有心病，誰怕死。」

瘸大爺又在地上橫三豎四燒散的廢木料子裡，摸黑挑出了一根合手的木棍，大約貨架子上燒塌的橫棖子。他瞎老三還不是拿狠話唬人！你唬嗎？爺就跟你頂眞。

「走啊，跳河去，爺就給你領路，別說話不算話。」

「孫子才含糊！」

「誰裝熊誰是兒！」

兩個人頂嘴頂得居然當眞，一併排走著去跳河，像眞的，又一點兒也不像眞的。

兩根臨時湊合的雙枴，一根高一根低，瘸大爺更瘸得加倍了。他瞎子要跳河當然要裝像眞的一樣，捨得他藏起來的錢褶子，那才活見鬼。

靜寂死黑的小街，兩旁人家盡皆關門合戶了，好像這場火，使得深夜提前了一個時辰。

小街上，這麼兩個孤獨的黑影，雙枴和竹竿兒敲響了石板路，卻敲不醒兩個冥頑，兩個執迷，敲不回火窟裡逃生的那段情。

「反正我是沒奔頭了。」

「孫子才有奔頭！」

瘸大爺不住的擤鼻子。走到街頭上，那股子煙燻臭還黏在多毛的鼻孔裡不肯散。瞎子若是眞的跳河——哪有那麼回事！——那就由他跳去，敢情眞就是這把火把他燒糊塗，眞的忘記六百三的錢摺放到哪兒去了。由他跳去，活該明兒大清早，他就俐俐落落放心去收帳；火燒得這等慘，任是多想賴帳的債戶也說不過去再拖了。了不起三兩天，所有新債陳帳可該全都收上來。那時節，嘿，就算是店鋪兒開不起，攤子總也擺得出，慢慢兒再熬下去吧，有啥辦法？瘸大爺不放心的摸背後兩本帳簿，這如今整個家業可都在這兒了。

他瞎老三要是不肯跳下去，總也得想點子誑他跳。瘸大爺埋著頭想，心裡一勁兒打主意。其實瞎子眞的跳不跳河，那都不妨事；他要跳，自己落得個乾淨，帳收齊了，一個人總好打發。瞎子若只想唬唬人，成，那本錢摺準定還在，不相信有眼的人，盯不住沒眼的，早晚總逼得出來。

黑裡，瘸子為他打的這個主意，微微的笑了。就不這麼黑，也可以放心笑給瞎子看。人要是非殘廢不可，他覺得還是瘸腿好一些，人少了眼睛，總得多少吃點兒虧。這都是命，人，拗不過命的。

儘管天有多暗，地有多黑，街後的小河還是那麼明亮；多深的漆黑，夾在漆黑裡也仍然是一條白。

河崖不怎麼陡，兩人滑滑擦擦的往下摸索。瘸大爺怎麼想，怎麼覺得可一點兒不像尋死覓活的一起去赴難，這不是兒戲嗎？

「瞎子，你要說句話算句話，別臨時裝孬種。」

「你要是怕死，你就是我孫子。」

瞎老三一氣就搶到前頭去，險些兒給一塊大石頭絆倒。「誰要是條漢子，誰就別老縮在後頭裝熊！」

「你那是說話，還是放屁？有種你就一口氣竄下去，別停在那兒閒磕牙。」

「敢情是，挑著老子先下去，你他娘的好逃生？門兒也沒有。」

瘸大爺靈機動了動；愈近河邊，愈是滿地斗大的石頭，眞難走，他那一對燒得半焦的代用雙枴要是一下子沒拄牢，一跤摔下去，不淹死也準定跌死，這也是不幹的。距離河邊只差兩三步遠，眞不能大意。可是這遍地上的石頭倒是給了他主意。

「看誰裝熊吧，爺要是把你推下去，你可沒一點轍兒。你放心，爺也沒錢摺可藏，活著也是討飯，丟人現世的事兒忘八才幹！爺就先跳給你看。」

「只怕你沒那個種。」

「我可先說下，」瘸大爺使足了惡氣道：「你瞎老三兒要是跟我耍調門兒，等我跳下去，你轉身走了，我可變鬼不饒你。」

「誰逼著你咧！」

「好啊，你個小膽子鬼，有種跑到河邊來，沒種跳下去，你是人揍的麼？」他可拚命的激著瞎老三。

「你他娘的有種，就別老在那兒廢話。」瞎老三敲著他的爛竹竿兒，恨不能揍到瘸子腦袋瓜兒。

「後事我還沒交代完，你瞎急甚麼勁兒！爺說句話算句話，我不先跳下去，我就是你兒。你瞎子要裝孬，爺死得冤，變鬼也要來搦你。」

瞎老三一陣子冷笑。「別以爲你瘸腿癩胳膊的鐵枴李，就是天下第一條好漢李元霸。」

「你瞧著好了！」

瘸大爺用他那條壞腿跪下去，放下雙枴，摸黑找了一下，抱起一塊腦袋大小的石頭，慢慢兒的舉到頭頂上。

「我說夥計，咱哥兒倆今天就在這兒了。」

瘸子也並沒有怎樣特意的假裝，不由得也就透出一絲抖抖的哭腔。

「誰叫時運走到了這一步，咱哥倆也好過一陣子，這如今也不說它了。好歹這也是不願同年同月同日生，但願同年同月同日死。夥計，我先走一步了，水底下，我等著你老三。」

舉在頭頂上的那塊大石頭，費盡他平生的力氣，擲到黑暗中泛著灰白的小河裡。砰通那麼一聲，動靜眞不算小，水花濺到瞎老三的臉上，瘸大爺更是周身全都淌濕了。天氣儘管很悶燥，河水濺到人身上可還是冰涼。

泛著灰白的小河，黑裡也還是辨得出一圈一圈的波浪，一波又一波的輕輕的拍打到岸邊的石崖，那在瞎子聽來，不知是否有一種哀傷的嗚咽之感。良久良久，河面上方始平靜。這麼寂靜的黑夜，就有濃重的死味。

瘸子在屏息等著瞎老三，儘管崎嶇的石頭梗著膝蓋痛，也咬著牙忍，不敢動。他盤坐的姿勢很低，瞎老三透空的半身黑影可瞧得清清楚楚，愣愣的一動也不動。附近的石縫裡，有隻蛐蛐冷清的叫著，帶著點試探的意思。

瘸子反而有點擔心瞎老三眞的會一陣子想不開，跳下小河去。儘管也只想證實一下那個錢摺是否給瞎子獨吞了，但果眞沒那回事，也就認倒楣算了，犯不著貼上一條命。就算瞎子賴著活下去，沒眼睛的人，挺可憐，也擋不著他明天滿街奔去討債。他瘸大爺沒有壞到見死不救的地步。

「哼哼，你怎著就那麼鬱，那麼頂眞！只當你存心嘔嘔我……」

透空的黑影往河邊挪動了一下，瘸子心裡有點急，不住禱告著：「你可也別頂了眞，好死不如賴活著。」他跟自己說，只要瞎老三再稍稍的往前挪一下——要眞是藏了那個錢摺，六百三十塊大洋，他肯輕易就捨得跳河尋短見嗎——那不成，他得喊住他。

「瘸子，你魂也別來找我，我沒那個歹心。等明兒我到永祥錢莊提出錢來，先買把火紙到這兒來燒，送錢給你用……」

說著說著，瞎老三可有點抽抽搭搭。

「犯得著嗎?瘸子，就怪你性子太倔了……」

瘸大爺可沒被這份眞情感動，一聽到永祥錢莊提錢，他就火冒三丈了，險些這就叫嚷起來。

「別忙。」他心裡說：「你這個沒眼睛的，總逃不過我這個有眼睛的，等我裝作冤魂慢慢兒收拾你。」

瞎子黯然的離開小河崖，走不兩步，蹲下去，從鞋殼兒裡取出錢摺，試試有沒有蹉壞。

黑烏烏遍是卵石的小河邊兒上，那隻給瞎子領路的破竹竿兒一路敲點著石頭，發出劈啞的聲響，嚓啦、嚓啦，緩緩的遠去，終是遠去了；然而依稀聽得很遠，很深，黑夜還是白晝，都是一樣沉沉的壓在盲人的脊背上。嚓啦、嚓啦，彷彿永遠敲點不破的夢，蒼涼，和那永續的爭執。

這故事似乎仍然沒有完，恐怕永遠也講不完的，人總是這樣子，不說也罷。

一九六三・五・板橋

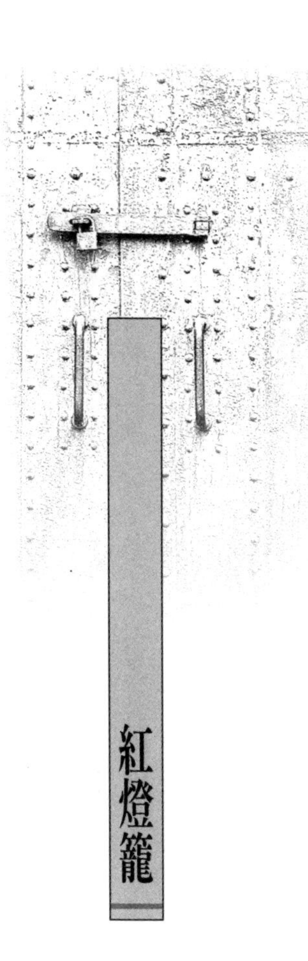

紅燈籠

花生收成一過，就是獵人腳貛的好時節了。

老舅頂著寒霜，愣守兩個通夜，連人腳貛的腳印也沒見。今兒天一黑，照舊又帶著兩頭大狗，一桿雙銃子，一只沒點火的紅燈籠，下到東陵的看坡棚去了。

這樣的天氣，一早一晚不穿大襖還覺著有點抗不住。可也沒有冷到要烤火的地步。不過姥姥知道孩子嘴饞，還是把灶底下的燼火扒了結結實實一火爐，留給我們燒花生吃。

姥姥是上年紀的人，牙口不行了。可是看著我們吃甚麼香脆，精神就來了，講不完的長毛造反。老舅獵貛去了，姥姥就講人腳貛。

不知爲甚麼，燈底下聽著姥姥講起那樣的畜類，就有點害怕；把牠想作黃鼠狼作祟的東西。

單憑牠專在墳裡打洞做窩，跟死人住在一起，又生著四隻和小孩子腳丫巴一樣的蹄爪，就使人覺得不知有多邪氣。

「姥姥，還是講長毛造反罷！」我央求著，一勁兒把脊梁往姥姥懷裡貼，好像周身頂不安頓的地方就是脊背了。

大人都說我生得刁，心眼兒太多，一丁點兒小的時候，說話就知道轉彎抹角的繞道子。也許我眞的很刁狡，明明害怕聽那樣邪氣的人腳貛，偏不肯直說，怕表姊妹們笑我膽兒小。

姥姥沒留意我有多害怕，只管講她的。偌大的一間上房，只那一盞油燈，搖曳的小火焰兒照不到三尺遠，照不到的暗處太多了。院心兒裡秋葉沙沙索索的就地打著轉轉兒，老使人錯聽成蹀躞的腳步聲，或是那種和小孩子腳丫巴一樣的蹄爪走進來了。房門敞著，門檻那兒多暗哪，人腳獾要是打那兒爬進來，人眞不知道。這麼一疑心，連一雙腳也不安頓，蜷起來擱在炕沿兒上。

儘管多有害怕，我還是擠在炕角兒裡聽下去。姥姥口裡的人腳獾，總使我想著那是睡在墳裡的死人變成的。許多沒後人照顧的老墳上，多半有個黑森森的窟洞，有人說過那是野兔子窩，記不清聽誰說的，我一直都很相信，也盼過那裡會跳出一隻黃茸茸的野兔子。姥姥卻說野兔子從沒有那樣的膽子，敢做那樣顯眼兒又敞著口的大窟洞。

「天生的那般物兒！」姥姥嘴上老愛掛著這個口頭語兒。「你就拿人腳獾來說，偷花生吃，偷白薯吃，都不算稀罕，高粱長得那麼高，稈子也不矮罷？照偷！就憑牠鍛磨釘那麼短的四隻小短腿，你說牠怎麼搆得到高粱穗穗？」

「跳啊，這麼一跳，就搆到了。」

頂小的表妹說著，還笨手胖腳的跳呀縱的學著人腳獾是怎麼搆得到高粱穗子。人又小又胖，壓根兒就跳不起來，大約一身蠢肉又四肢那麼短小的人腳獾跳起來眞就是這樣子。大夥都被逗笑了，姥姥的哮喘也差點兒給逗發了。

原來這種一身蠢肉又生著四隻短腿的笨傢伙，偷吃起高粱穗穗倒是有兩套，姥姥無論寒夏，清早天還沒大亮，頭一樁大事就是背上糞箕子下田去拾糞。她老人家就時常看到人腳獾作怪，對著高粱稈子往前爬。那樣細又脆的稈子擋不住牠那麼大的勁兒，經不起牠那麼重的身子，便被牠頂倒了。那會像小孩子襠裡夾著枝隻蠟竿子學騎馬那樣，騎著高粱稈子笨笨拙拙的繼續往前爬，爬到把老棵高的高粱棵兒壓倒，穗子垂到地上，吃它一個老實的。

「天生的那般物兒！」姥姥又是那句老話。「你別瞧牠不起，又肥又笨，蠢得像頭豬，牠可有那麼個壞心眼兒，刁得很！」

姥姥說，人腳獾這東西，一年到頭隨時都能獵得到，只看你圖的是獾肉、獾皮，還是獾油。每年二月裡，只要驚蟄一過，打過頭遍雷，那東西就出蟄，好獵得很；地裡除了麥棵沒別的莊稼，沒遮沒掩的，老遠就一眼瞧得見，又生得那麼個笨法，用不著帶槍帶狗，一根推磨棍就能獵到手。可是獵到手不中用，除了吃肉，賣不成錢，要油沒油，要皮沒皮。時令不過秋分，肚裡沒有油脂，不過霜降，剝來的皮子就保不住不脫毛。不過一過了秋分霜降，獵獾就不容易了；那傢伙好像就知道有了身價，輕易不出來，出來也在下半夜。要是再等到過冬，下了蟄，躲進老墳裡，你連影子也別想見到。

「人腳獾也要下蟄呀，下蟄做甚麼？」

「天生那般物兒！下蟄總要下蟄。下蟄的東西也不止人腳獾；狗熊啦，蝦蟆啦，還有長蟲，都非下蟄躲到地洞裡睡到來年春天不可。」

「冬天那麼長，光睡覺不吃東西嗎？」眞想不出，怎麼能夠一睡就上一個冬天那麼久。

「長蟲跟蝦蟆呀，不是吃了靈芝草才下蟄？」姥姥眞算得上知古道今。「一根靈芝草，管上三年飽。人有大修行才採得到棵把兩棵那種仙草，也是輕易得到的？有幾個人能有那個大修行？——沒有；除非太上老君！」

聽姥姥的口氣，太上老君似乎比玉皇大帝還神。可是想著人也吃草，就覺得這個太上老君一定生一張長長的老驢臉，一口長長的老驢牙，吃起靈芝草一定也是喀嘣喀嘣的很響。

姥姥說，人腳獾就不是吃靈芝草才下蟄的；人腳獾經過夏秋兩季猛偷猛吃，積存了滿肚子的油脂（那是治火傷燙傷最好的藥），入冬下蟄以後，就會盤曲著身子像條老狗那樣腦袋蜷到屁股底下。整個一冬天，屁股裡不住的冒出油脂來，牠就舔那個吃，靠那個活著。

一提到屁股甚麼的，孩子們似乎就覺得不知有多少滑稽，有多樂！想著人腳獾用嘴巴去舔自己屁股，一個個便止不住笑得東倒西歪的滿眶子眼淚。

就在這一陣屋頂都要給頂掉了的笑聲裡，忽然聽見一陣嘈亂的狗叫。聽來很近，狗很少叫得這樣凶，那是在勇猛的圍攻著甚麼，不是平常那種不緊不慢、不痛不癢的汪汪。姥姥一下子就聽出老黑狗的叫聲，一定是老舅獵到人腳獾回來了，沒料到會這麼快、這麼早。

大家夥兒搶著下炕，踩響了滿地的花生殼，去迎老舅——不如說是去迎人腳獾罷。我可是帶著幾分膽怯，打姥姥背後探出頭去，生怕那個生著小孩子腳丫巴的邪物還沒有死透，被牠冷不防竄上來咬一口。

老妗子手裡的洋油燈照在院子裡，很黯淡，看不清甚麼是甚麼。冷簌簌的秋風旋進院子裡，地上大片大片黃桑葉打著轉。要不是因爲確知那個邪物和一口半大肥豬一樣大小，我會岔了眼，錯把這些遍地打轉的落葉都當作成群結隊的人腳獾了。

大黃頭一個溜進來，一隻腿瘸著，夾著尾巴，完全沒有打勝仗的那種神氣，其餘的狗都還在大門外亂吼。

「怎麼啦，大黃？」姥姥像對家裡哪個孩子說話一樣。「怎這麼個癩相？眞是老話說的，嚇得像個夾尾巴狗一樣。」

大黃偷偷瞟了姥姥一眼，敷衍了事的擺一下尾巴，就溜著西牆根坐下，不知有多疼惜的舔牠那條受傷的前腿。

老舅一瘸一拐的進來，老黑和鄰居家兩條大狗繞著老舅周圍跳上跳下的狂吠。只見老舅踉踉蹌蹌來到院心，沒見那只紅燈籠，一彎身子，從肩膀上甩下一個大物，沉沉實實的跌到地上，彷彿是個木頭段子那麼重。幾條狗便不由分說，齊打夥兒跳上去亂咬亂撕起來。老舅好像顧不得他那個獵物會給狗咬個稀爛，剝了皮賣不成錢，眼看就要站不穩，火槍從他肩上滑下來，人是一跌就跌到我們跟前。很使人吃驚的，老舅趴在地上放聲大哭起來。

好像大男漢子不興這麼哭的。老舅這樣大聲號啕，就使人覺得會有甚麼很糟很可怕的變故，例如天塌下一塊來，或者惡鬼附身一類的災殃。

「怎這麼甩呀！這麼沒用，男子漢眼淚貴如金，還興這麼掉尿汁子呀！」

姥姥起先還笑著埋怨，接著就有些慌手慌腳的喊人。方才給老舅開門跟在後面過來的老夥計把披在背上的大襖一丟，忙著趕來攙。這才大夥兒發現老舅有一隻褲筒的下半截兒全都被血給濕透了，小腿肚兒成了一條血腿。

這麼一來，眞把人嚇壞了，也把人忙壞了。大家分頭去燒水的燒水，刷腳盆的刷腳盆，姥姥專留著紡線的上棉，平素誰也不准動一下，也拿出來給老舅洗傷。

血洗乾淨，小腿上斑斑的幾處牙痕，有幾處咬得很深，都說準是這隻該死的人腳貛咬的，因爲自家養大的狗，說怎樣也不咬自家人。就算咬爛架，咬錯了，也不興咬這麼多口。問老舅，哼哼唷唷的也弄不十分清楚。按理說，人腳貛不能這麼凶，竟敢這樣跟人死拚，使人不相信。

照人腳貛的生性，獵牠最難的，是要一點聲息也不要有，一動也不能動的躲在黑處死守。老黑和大黃都是獵貛獵得通了人性，只要老舅找到合宜的所在坐下來，一邊一條，能守到天亮不興動一動。要不這樣，哪怕不留神輕輕的咳嗽一聲，或是打個呵嗤，隔著老遠就會把牠給驚走。憑這麼小膽子的傢伙，說怎麼也不致找著人鬥。可是老舅說，起先眞以爲是隻剛成年無知無識的小狼羔子，不然便不敢朝著帶了火槍又帶著兩頭大狗的老舅，一個彎兒也不轉的直衝上來。

大人裡裡外外忙著給老舅收拾傷口，我們可稱心了，沒人催著上炕，圍著看老夥計給人腳貛剝皮。磨架子上掛著那盞給老舅丟在門口的紅燈籠，老夥計把人腳貛提起來試試。

「眞有九十斤沉，少說也有七十來斤。」

姥姥的左右街坊都聚來了不少，誇不絕口的說：「眞是張好皮色！」說眞個兒的，我們孩子雖然不識貨，可是撫弄著那樣又密又短、又細又軟的皮毛，比魁魁絨還光滑。

不過那四隻蹄爪實在不得人心，腳心光光嫩嫩的，眞和人的光腳板兒一模一樣。我們一個個脫下蒲鞋來比，結果和四表弟的光腳丫巴一點也分不出誰大誰小，誰肥誰瘦，簡直連腳底紋路都生得差不多少。老夥計把牠肚皮剝光了時，血赤赤的一團紫肉，四隻煞白的腳掌朝著天，人就不得不以爲在剝一個死孩子。

這一夜，我兩次也不知是三次哭醒過來。記不得作的甚麼夢，醒來就倒插著眼直叫，急得姥姥半夜三更摸索到果園去，折一把桃枝來避邪；插到大門上、房門上、炕頭上。這還不放心，又把六表弟手脖兒上繫的桃核雕的一對猴子偷桃解下來，繫到我手脖兒上。這些我都不知道，過事兒才聽姥姥說。

天亮醒來，正賴在炕上窮想這一對猴子偷桃的桃核怎麼會跑上我的手脖兒，院子裡忽然張揚起來，叫喊哪，咚咚的奔跑啊，好像在打甚麼，捉甚麼。山牆外面馬棚裡的牲口也受了驚，一勁兒嘶嘩踢著刨著，一大清早會出甚麼岔子呢？難道來了人腳獾的王？

「好了，好了，沒事兒了……」

有人嚷著，好像是哪位鄰家的口音。一陣騷動過去，接著是你一嘴我一舌的議論。我可鼓不住了，跳下炕，光著腳板跑出來。靠毛房那邊的牆犄角兒裡，幾個手持各式傢伙的壯漢散散亂亂的圍在那兒，吵嘴似的叫著甚麼。那麼多條腿的空檔裡，似乎是一堆薑黃的、軟癱癱的甚麼，一看我就認出那是昨夜隨著老舅去獵獾的、傷了前腿的大黃。

爲甚麼要把這條最好的大黃狗給打死呢？問了大表哥又問姥姥，都專心聽那些傢伙搶著講說些甚麼，沒有誰理我。好半晌才聽出，不知怎的，大黃瘋了。大清早起滿村子裡亂追人，嘴上掛著黏液，腰板兒和尾巴都僵硬了。所幸沒傷到人，也沒傷到甚麼牲口。人把牠追打急了，還知道逃回家來。

大黃挺在牆犄角兒裡，嘴巴歪斜著，流出一堆黏稠稠的白沫。大夥兒猜想，那隻人腳獾一定是生了瘋的，才把瘋病傳給了大黃。但都沒有聽說有甚麼生瘋的人腳獾，大夥把大黃受傷的前腿翻來掉去找了良久，才找出不怎麼撩眼兒的傷口，也沒出多少血。

姥姥蹲下去，把大黃的一隻眼睛扒開。眼睛珠兒好像蒙上一層白翳，一點兒亮光也沒有了。

「可憐，小子，還知道找著家回來。」姥姥口聲有些抖。「唉，還知道這兒是家呀……」

不識相的老夥計打算再剝一張黃狗皮。大約秋莊稼全都收成了，閒著也是閒著，昨夜剝過一張獾狗皮似乎還不怎麼過癮。這一下把姥姥氣得含著一泡子淚，衝著老夥計頓腳。

「你個沒心肝的，你忍心哪！」

姥姥不知要找甚麼，四周遍索著，好像要找個合手的傢伙狠狠揍老夥計一頓。

「去！你們倆！」姥姥找到我和大表哥：「找張蘆蓆把大黃捲起來，後園兒裡埋個墳。我可把話說在這裡，誰要敢動一根毛，我跟他拚老命！」

這當兒，我們一回頭，發現老舅好像才下炕。老舅是莊稼人，不興天到這般早晚才下炕的。老舅扶著房門框，臉色青得很難看。

「我說是呢，沒見過那個凶法兒的瘋鑵子……八成是生瘋了……八成是……給前兩天東村那條瘋狗咬了……」

也許都在回想回想東村兒甚麼時候有過瘋狗，沒太留心老舅那副神色。我和大表哥離著老舅近些，覺得有甚麼不大對似的。只見他直發抖，嘴唇沒半點兒血色。

「哎呀，你看我叔怎麼啦！」

大表哥這話沒說完，老舅已經站不住腳，搖晃了一下，便順著門框滑下來，跌倒在地上。又是一陣子混亂，人多嘴雜的一個人一個主意；有人抱怨早沒想到防備破皮瘋這一手，早要是剪貼點瘋鑵的毛燒成灰，敷到傷口上就沒事兒了。有人說，人腳鑵毛那樣短，壓根兒剪不到，有人出主意，反正大黃也是生了瘋，不如把大黃身上的毛剪下來派這個用場。也有人主張去請道婆下針，她那兒有祖傳祕方專治瘋病。

姥姥原不准動大黃一根毛管兒，大夥兒這麼一吵喝，也不得不剪下一把一把的黃毛，燒成灰給老舅調治。另外也請了道婆下針，也著人去了河北打藥。老舅直挺炕上，老妗子捧著黃酒調的狗毛灰，扶他起來喝。脖子硬得像是睡空了枕似的轉不動。藥酒呑了，隨後姥姥端過去一碗白開水給老舅淨口。可是老舅一見了水就像要他的命一樣，眼睛也直了，嚇得我拔腿就跑，他哪兒還是老舅呀，想不出像哪個廟裡的爛泥胎兒。

這樣的「藥」灌下去，好像沒誰相信會靈驗，惶惶的等著去河北陳家樓和請道婆的早點兒趕回來。老舅的病情愈來愈壞，還算好，老夥計先到了家，藥是配好的，忙著煎了就送進房去。聽說老舅的牙骨已經發硬，蹩斷好幾根筷子才把嘴巴撬開，把那副祖傳祕方的湯藥灌進去。

都說單方治大病，老舅這麼重的病勢，居然一副藥就扳過來了。姥姥領著老夥計，帶著重禮，親自到河北去酬謝那位姓甯的。

不過姥姥儘管千謝萬謝那個姓甯的，心裡可是老大的不高興。姥姥當面討過那個單方，爲的怕老舅將來萬一再發了瘋病，免得老遠再趕去相煩，要緊的還是害怕冷不防病勢來得太猛。就算備著不用，留著濟人兒也是好的。那個姓甯的不答應，只管囑咐姥姥，留神別讓老舅打蕎麥地裡走過去，保管發不了病。姥姥心裡一想，要嘛是錢沒花到家，就應允花上一吊現洋買下那副單方。

姓甯的話說絕了：「黃金有價藥無價，我家祕方世世代代傳下來的，要賣也不等到我這一代，也傳不到我這一代了。我靠它吃飯，傳出去我這一大家子靠甚麼活？誰養活我？您老太太一吊現洋就算養了我這一代，可養不了我下一代，下兩代。」

姥姥到家裡，氣還沒消。人們勸著：「這情形也不止他姓甯的一家。要是能賣得，要是能傳給另姓旁人，也不成祕方了。」

「其實甚麼——」我老舅也幫聲幫氣的給姥姥平氣。「其實那個忌諱，也沒甚麼怕頭；一來嘛，咱們這一帶，從沒見誰種過蕎麥。二來，一年裡，蕎麥長在田裡不到三個月。那三個月裡留點兒神就過去了。」

眞的是那樣；聽說那種莊稼，多半是窮苦的莊戶人家才種它，圖它長得快。春二三月撒種，搶在大麥小麥前頭先登場，窮人度春荒，就靠它早接新糧。不過姥姥家這一帶爲甚麼沒人種這樣的莊稼，很使人想不透；地也不很肥，人也不很富，年年也一定鬧春荒，但總沒人種蕎麥，簡直沒幾個人知道蕎麥是個甚麼樣子，這就好像包定老舅的破皮瘋再也不會復發了。

第二年的春天，清明過去不久，屋簷上插的柳枝兒還沒乾透。照拉駱駝算命的說，十歲之前若不把我捨到廟裡去出家，也得給外姓人養活，不然就有場大難，養不活。現在十歲的生日剛過，娘就等不及的從河北家裡趕來接我——接她這個獨生的寶貝兒子。

娘是騎的大青騾子來的，被留下住了十多天，這才由老舅套了輛騾車送我們娘兒回河北。我一點也沒有要回去的意思，甚麼家不家的，姥姥家就是家，要不是允我騎大青騾子回去，我才不幹呢。在姥姥家，我大概甚麼都沒學會，只學了騎牲口，而癮頭又大。有牲口騎，飯不吃都行。

大青騾一撒開蹄子，姥姥就哭了。我也想哭，只是一陣兒。接著一切都那麼新鮮，就把姥姥一家人都丟到腦後。

杏花殘了，又接上桃花梨花，一路上只見左一處紅，右一處白，大村子、小鎮店，都給打扮了起來。好像家家戶戶都該湊這個時節帶新娘子辦喜事。

快到大石橋，娘從車篷裡探出頭來告訴我，離家還有五里路。家是甚麼樣，大門朝東還是朝西，我都不記得了，只覺得有點兒害怕。每年我娘不來不來也來姥姥家五六趟，總還有那麼一份兒親情，可是跟我爹就很生疏；爹早晚來姥姥家一趟，儘管吃的、穿的、玩的，總是大包小包一大堆，我可覺得爹對我並不比我那位老私塾先生更親些。誰要是誑我說爹不是我親生父，我也很相信。

上了河堤，一陣說不出是冷是暖的柔風撲面迎過來，眞像飽睡過來那樣舒坦。

正是春旱的季節，遼闊的河底大半都乾出了陸地，小河一段一段的斷了，涸成一片又一片的小湖。河床上到處盡是搶耕搶種的春莊稼，全都被窮戶人家給分了。車沿河堤走沒有多久就在前面停下來，大概在等我。可沒等我趕上去，老舅停車跳下來，直奔河堤下面跑去。橋洞那邊的一片河水岸旁，有一窩人圍在那兒，好像盡是婦人和孩子唧唧喳喳尖聲的嘈喝著。只見老舅扯開大步直向那邊飛奔，一路一件又一件的脫下身上的衣物隨手丟到地上。

「娘！一定有人跳河了。」

我趕上騾車，正碰上娘從車篷裡探首出來。有點奇怪，不知爲甚麼，我會想到有人跳河。說跳河，就是跳水自盡的意思。所以娘就笑了，娘似乎從沒笑得這麼開敞。

「你不信，眞的嘛！」我有些著急，覺得被娘取笑了。「你瞧，那邊，大石橋那邊，老舅去救人了，衣服也脫了……」

這才娘忙著從車門裡拱出來。娘頭上戴的好似要去哪兒吃喜酒的絨花，不當心給車頂碰歪了。娘還在慢條斯理的勾著手去把絨花插正一點兒，待遠遠的發現老舅眞的下水了，眼睛立刻發直，才相信我沒有猜錯，沒有看錯。我跳下青騾。

「大冷天，你老舅眞是！」說著，娘兒倆就忙不迭的跑下河堤去。堤坡很陡，我差不多是從上面一路塵沙的滾下來。

趕到老舅扔下小襖的地方，離水邊似乎還有一兩百步遠。一片矮小的青禾上一路瀝瀝拉拉淨是老舅丟下的棉褲、蒲鞋、布襪、旱菸袋甚麼的。那邊那一窩婦人和孩子似乎除掉亂嘈嘈的窮嗆呼，甚麼也不行。老舅被他們遮住，也不知上岸了沒有。這天氣不算冷，瞧我就沒有穿棉褲。娘說的大冷天，許是指的這種時節下水太冷了。

待我趕上水邊上，老舅已經捧著一個孩子淌水上岸。只見他牙骨打得喀喀響，臉都青了，從頭到腳水淋淋的，小褂褲貼在身上。看樣子，老舅不光是下了水，還倒了水濛兒（潛水）。娘趕上來，張著地上拾起的小襖就要往老舅身上披。

「別忙，救人要緊！」

老舅躲開我娘，四處張望一下，要找甚麼東西似的。然後抱著那個不知已經完了沒有的孩子直衝河堤跑去。

人窩兒裡不知多少張嘴直說橫說的，一窩蜂兒追著老舅跑去。聽說那個孩子是在水邊撈蝦蟆蝌仔滑掉水裡去的。

「這些野小子，有人養沒人管的……」娘急忙收拾地上到處丟下的衣物，一面抱怨著。「你老舅要凍死了，這些鬼小子就該淹死。你老舅呀，眞是，這樣大冷天，撈人也要看時候罷！我看他凍出病來該怎麼說……」

眞的，老舅眞太不顧惜身子了。看看娘懷裡的東西，短了老舅的旱菸袋，我又趕回去找。

天上飄浮著一團雲彩，太陽一會兒出來，一會兒又給遮住。地上一下子沒有太陽，人就覺得身上有點冷颼颼的，河底風又大，又是打水面上颳來的風，涼得透心。

「娘，這是不是大煙？」

我指著腳底下從水邊一直種到堤根，差不多有八九畝田的那些矮小的青禾苗子，以爲那是罌粟。

「甚麼大煙！那不是蕎麥？就快揚花了。」

蕎麥就這樣矮呀，眞瞧不上眼。可我猛然想起了甚麼。

「娘，你說這是蕎麥，眞的？」

娘立愣著眼，好像說：「誰誑你？也用得著誑你？」我急忙望過去，在那邊，老舅已把那個孩子頭下腳上的放到堤坡上。跪在那裡和一個婦人給那個孩子揉著肚皮。我搶著跑上河堤，一路喊呼著：

「老舅！糟糕了！老舅……」

老舅只顧給那孩子急救，也不理人。那孩子凸著肚皮，腦袋朝下，鼻孔和半張的嘴巴裡悠悠的流著清水。

「老舅老舅，糟糕了！」我跑得直喘，嘴裡炒豆子似的搶道：「老舅老舅，你看多糟糕，你走蕎麥地裡跑過去了……」

沙田。

「甚麼？」

老舅不耐煩的抬一抬頭，臉上還掛著水珠兒，嘴唇凍得發青。我指著背後河堤下的那塊黃

「那兒不是蕎麥地？你怎麼不認得？」

「我怎麼不認得？快把我小襖拿來給他蓋上！」

老舅自己凍成那樣子，還不知道顧惜。

「那你還要走那兒跑過去？」

「救人要緊，別嚕嗦！」

我娘也趕來了，娘兒倆急得直跺腳，老舅倒像完全沒那回事。我看那個孩子多半沒救了，揉著搓著這半天，肚子裡也擠出不少的水，還不見甚麼動靜。

後來也不知道那個孩子救沒救活。他家裡人趕來，老舅這才罷手，打孩子身上提起棉襖，捨不得似的走回騾車去。

剛回到家裡，胡亂吃了頓飯，娘就趕著我爹就著原來的騾車，換過大青騾子套上去，趕去陳家樓的甯家給老舅抓藥。

「不行，我自個兒去，要覺著不大對，我就在那邊先煎了藥吃下去，省得在這兒窮等。」

老舅說著就去上車。我娘不肯，怕車子顛了去，顛了來，又再受了風，反而誤事兒。娘叫著，吵嘴似的拉住老舅。我爹不作聲，坐在前座上執鞭子等著。其實有那個爭持的工夫，早就

上了路，走上一兩里路了。爭吵到最後，娘不獨沒拗過老舅，又倒貼上我，娘沒有甚麼藉口能攔住我。我要怎樣，娘可沒辦法不答應。

老陽都已偏西。到陳家樓只有六里路，比姥姥到陳家樓倒要近上二三里。老舅躺在車篷裡，我一旁陪著他。也不知是車篷裡暗了一些，還是怎麼的，老舅的氣色很不好。他那滿下巴頦的鬍碴子，好像只在轉眼間長長了許多，弄得他臉上一片陰沉沉的。

「給我口水喝罷。」

老舅指著靠近前座的角落，那兒有只紅砂壺。也許老舅有意試試，看他見著水害不害怕，那樣就能拿準有沒有來勢要發病。

車到陳家樓，找進了姓甯的家。下得車來，老舅的臉色真的很難看，倒不是挺在車篷裡才使他臉色那樣的陰氣。

姓甯的老旗人家裡竄出兩頭牛犢兒似的大狗，一看就知道凶得可以；要不，就不會脖子底下墜著那麼重的木頭墩兒，也不像常見的狗那樣離開遠遠的空吠。我們爺兒仨又很塌台的回到騾車上。兩頭惡狗縱來縱去，執拗的非要咬豁大青騾子的脖頸不可，騾子驚嚇得直跳，拖得騾車東轉西轉的。我和爹衝著甯家敞開的大門猛喊，卻沒人應門。

「這裡人死絕了？」老舅氣虎虎的探出頭來張望著。

「就算死絕了，也該把魂兒喊出來了。」

這樣又喊了一陣，倒把甯家隔鄰一個老得走不動的老頭喊了出來。老人扶著牆，一步挪不動四指。老成那樣子，耳朵竟能不聾，也眞有點兒見鬼。老人手搭涼棚瞅我們一陣兒，挪上兩步，又不放心的瞅我們一眼，等著他挪到甯家，也眞得有很好的耐性。

姓甯的家裡總算沒死絕，走出一個手裡做針線活兒的大姑娘。

「來請你家看病嘍！」

我搶在爹前頭喊道。我爹很不悅意兒的睞了我一眼。

「家裡沒人；都去大槐樹奔喪了。」

「甯先生也去啦？」

「都去了，都去給姥姥奔喪了。」

我爹轉回頭來看看老舅，又很不悅意兒的睞我一眼。好像怪我搶在他前頭喊人，喊壞了事兒。

「那倒不要緊。甯先生不在家，府上總該存著配好的草藥。」

「哪裡有！除掉破皮瘋，我爹也看別的病。藥料滿山架，沒那個方子，誰知道怎麼配？」

大姑娘手底下沒停針，繡的是銀紅的花鞋，大概正忙著趕嫁妝。

「怎這麼巧，就讓咱們碰上了？」

我爹憤憤的嘆口氣，轉過來跟老舅打商量。

「或許我該沒救了，姊夫。」

「別瞎說！」我爹衝著老舅臉一沉，又再去跟繡花的大姑娘辦交涉。

「你們家傳的祕方，光你父親知道？除他，別人都不知道？」

「光我大哥大嫂知道，我二哥都還沒傳給他。」

「請問你，晚上回來罷？」

騾子給兩頭惡狗鬧急了，拖著騾車就跑。我爹拚命的拉著轠繩才拉轉回來。沒見過那樣死沉沉的大姑娘，也不知道給人趕狗。

「晚上回來嗎？」

「恐怕少也得三兩天，不等姥姥下地不回來。」

「那咱們就趕緊跑一趟大槐樹罷。」

我爹揚揚鞭子又停下來，跟車篷裡的老舅商量。

「我看，你就下車，到他家找個地方歪歪罷。」

「算了。」老舅想了想。「或許到那邊能要得到方子，就近配了藥，就省得再趕回這兒來了。」爹搖搖頭，不知道是甚麼意思。這才一下轠繩，鞭子揚起來。

「下車喝喝茶再走罷！」

大姑娘沒停一下針線，也沒替我們趕狗，喝茶？當然是虛讓。我爹一鞭子抽到底，打得大青騾子直跳。當下就岔開另一條路直奔大槐樹。

時光看看可也不早了，該是拉牲口上槽的時候。姥姥家，這時就該是妗子忙著擀麵條張羅晚飯了。可是咱們這爺兒仨還在漫天野地奔走，一陣子覺著無家可歸的淒涼。想起姥姥一家大大小小，誰都那麼疼我，怎該現在就只能看到老舅這麼一個人。就這麼一個人好像也親近不得；我不能不離著老舅遠一點，儘管老舅似乎睡著了，卻害怕這麼一耽誤，說不定老舅一下子又發瘋病。眞害怕那光景，不知道老舅會不會亂打人。爹手裡的鞭子不時在空裡炸響，一炸就使人心裡一驚，好像西墜的太陽都被他抽掉下去了。

一路上還是看不盡的桃花和梨花，紅一片，又白一片，只覺得哪兒都是暖暖和和的人家，獨我沒有家。有親人也不當甚麼，一個病，一個連連睞了我兩眼，今天這日子過得眞酸心，我就躲在車篷一角偷偷哭起來。又怕驚動老舅，又不甘心給爹聽了去。

趕到大槐樹，天就快黑了。爹把我們甥舅倆留在車上，自己進村去找人。

這兒可並沒有一眼就能看到的甚麼大槐樹，就像陳家樓並沒有高樓一樣。當然槐樹也還是有，都是普普通通的。要是因爲這些一點不稀罕的槐樹，就起了這麼一個地名，我姥姥那個村兒就該叫作大桑樹、大椿樹、大樺樹，叫大甚麼都可以了。

坐在前座上這麼呆想著，老不甘心的想發現到一棵百年千年的老古槐。

黑壓壓的烏鴉盤旋在燒著紅霞的天上，至少有一千隻。那樣的聒噪，和村子裡辦喪事的喇叭，都是一樣的聒耳。

爹許久才出現村頭上，焦急的站在那兒，要走不走的，不知找著人沒有。要是沒找著，就該趕緊想個法子呀！總不能老是愣站在那兒。

背後的車篷裡，老舅的嗓子眼兒有口痰在呼嚕呼嚕的抽。我也不敢回頭看，車篷裡黑洞洞的甚麼也瞧不清，早知道會晚到這個時分，也該帶盞燈籠了。這可不惹人乾著急麼？急得我鞭桿兒直磕著腳踏板，不知道有多恨我爹！

這才從村子裡出來個穿孝衣的傢伙，我爹領著他慌慌促促的趕來，爬進車篷裡。

「這種病呀，就是不能重患；重患可就扎手了。」穿孝衣的喃喃的說，大概他就是那個害死人的姓甯的了。

車又往回趕，難道又要折回陳家樓不成？這算甚麼玩藝兒？姓甯的這個傢伙一再催著我爹多加兩鞭，眞是！也有他著急的時候。

「進去罷！」爹衝著我說。他狠狠抽了騾子兩鞭，車子上路以後，好像這才留意到我坐在他旁邊。

「我就坐這兒。」

「天黑了，坐這兒灌風幹麼？灌出病來怎麼說？」

「我就要坐這兒。」

我嘔氣的拗著，存心要彆扭彆扭。爹要是眞疼我，怕給風吹出毛病來，方才就不該睞我那兩眼。姥姥家從小長這麼大，可沒有誰用眼睛那樣睞過我。

「不聽話！快進去，招了涼你就倒楣了，我先跟你說。」

「我就要坐在這兒。」

爹就帶氣的狠狠抽打大青騾子。騾子給打得直撂蹶子，車也不照車轍走，人在車上歪到這邊，又歪到那邊。不知爲甚麼，我一勁兒直想笑。除非能使騾車快得可以把我捽下去才行。要是只想把大青騾子當作我，猛抽一頓煞氣，那麼鞭子總不是抽在我身上，我一點不疼。

「甯先生，不是我說，」爹和車篷裡姓甯的扯上了，「當初我家岳母出一吊現洋買你那副單方，早要是成了，今兒一則也不來麻煩你，二來我家舅爺早也煎了藥，迎頭吃下去了。」

「我說這位二哥，也不是你說的這麼簡單；你可知道，發病跟得病不是一回事兒，不定能用一副方子。」

「這話靠不住，不怕你生氣。咱們沒吃過豬肉，也看過豬走；單方就是單方，單方要是也分個甚麼輕重，也不叫單方了。」

「不是那麼說，不是那麼說……」姓甯的扶住前座架子站起來，嘴巴只差沒咬到我爹耳朵根兒。「就算單方用的都是一樣那幾份藥料，分量上總還有個出入罷？」

「也不一定。」

「說你不信。就算分量上也沒甚麼出入，這位二哥，你可清楚？祖傳祕方連親生女兒都不傳，也不是我一家這樣。能賣嗎？我甯家世世代代靠這玩藝兒吃飯，一手賣斷了，我吃甚麼？」

「你這不是坑人？你可知道，多少人生死簿都捽在你家手裡？性命關天哪，你靠它吃飯？靠坑人吃飯？濟濟人兒積點陰德罷！」

姓甯的有好半晌都不作聲，鼻孔裡一股股的熱氣噴到我後腦上，我爹也一定感覺得到。

天就要黑透了，車上也沒有帶燈籠，眞麻煩！

「別的咱們也不說它了；就拿現在來說，你要是肯開那個單方，大槐樹就有的是藥鋪，也省得咱們陳家樓一趟，大槐樹一趟，往返往返的，救人要緊哪，我的甯大先生！」

「你這也是湊巧，千年不遇的。不是我老岳母過世，沒人照顧喪事兒，我家裡人也決計走不這麼光。我不在家，有我內人；我兩口子不在家，還有我兒子小兩口兒。有一個在家，就誤不了事。你這位二哥，我說這是湊巧，千年不遇的……」

「哎呀，別說那話罷，你就是萬年不遇，這下子碰上了，還有甚麼好說？」

我爹一直就沒住手的揮著鞭子，一定又把大青騾子當作那個姓甯的在揍了，可是光這樣趕路，也不看看老舅怎樣了，這行麼？娘一個人在家裡，天到這早晚，不知急成甚麼樣子。姥姥一家人還都不知道。事兒這麼糟，儘管找不出我爹做錯了甚麼，但總覺著他把事兒搞糟了。

騾車在黑地裡顛顛跳跳的飛跑。路是白的，天邊掛著一盞只有指甲掐的印子那麼細的月牙兒，甚麼也照不亮。大約來時一直躲在車篷裡，一直覺著車子往北走，不知道轉了多少彎，弄得人轉了向，這會子就覺得那月牙兒挺彆扭的掛在天邊，像盞下弦月。東西南北誰也沒標上甚麼記號，人幹麼轉了向，就毫無道理的非要把西邊當東邊，把南邊當北邊，就好像一件事弄糟了，非要找個禍首不可。老舅這病，沒話說，耽誤了太久了。明明是甯家的罪過，可我像轉了向一樣的拗著，總覺得是爹把事兒搞砸了。

車子回到陳家樓，雞犬無聲，眞像已有半夜了。

姓甯的喊他閨女開門。門開了，又回去打燈籠。老舅可在車篷裡直抽筋，嗚嗚的不知喊著甚麼。紅燈籠上斑斑點點的小窟窿。照得老舅一張臉紅裡帶著黃斑，不知有多破爛。我是一頭擔心老舅，一頭又擔心那兩頭惡狗。老舅眞的發病了，一發就這麼重。那兩頭大狗，脖子上的木墩兒，入夜一定解掉的。我眞相信牠兩個能跳進車篷裡頭來吃活人。

那個姓甯的，還不如他家的那個大姑娘懂禮數，儘管虛讓，總還懂得讓人喝口茶歇歇。可這傢伙只說一聲：「我去抓藥，給你們煎好了送來。」就拍拍屁股進去了，也不想著把那兩頭惡狗關進去，任聽牠倆車前車後兜著圈子搗亂。車篷裡掛著甯家落滿油膩膩塵灰的紅燈籠。暈暈的紅光打著哆嗦，時不時看得到兩頭大狗和大青騾子鼻尖接著鼻尖嗅個不停。不知說些甚麼，是不是說得通。

有點怪的，晌午飯只吃半個飽，天到這時候還不餓，不知爹可餓了沒有。坐在高高的前座上，找了東天又找西天，天上墨一樣黑，連那個指甲掐的印子也沒了，星光也不怎麼亮，疏疏的幾顆。姥姥每夜臨上炕的時候，總要到院心兒裡看著天色，好知道二天是個甚麼天氣，決定做些甚麼活兒。姥姥一定念著：「他甥舅倆該上炕了。」才不會想到：「他甥舅倆還在騾車上。」……我就故意的想這想那，害怕聽到背後老舅不住的喘哮和爹不住的抽旱菸，不住的磕菸灰，不住的嘆氣。夜氣不覺爲意的寒上來，車篷裡一定暖和些。我倒寧可受點冷，也不回到車篷裡去。我怕看到老舅那副嚇人的樣子。眞懊悔不該跟著來，這會子上不巴村下不巴店，好像被誰丟到這荒郊野外，再也沒人理、沒人管。

抱著腦袋，正想姥姥家這個那個，我被背後的動靜打斷了，以爲是哪兩頭狗竄進車篷裡。

只見老舅要起來，我爹彎著腰用勁兒按住他，拔跌摔跤似的，爹也叫，老舅也叫，都不知叫些甚麼。紅昏昏的燈籠底下，車篷只有那麼小，眞容不下兩個壯漢擠在裡頭爭打，車身搖東又擺西的跟著顛動，我拉著座墊旁的扶手，咧開身子，擔心他們倆會把車身打歪倒。車身底下那麼黑，也不知那兩頭惡狗還在不在下邊，這可怎麼辦？

「你們都死絕種了嗎？一個也不出來！」

我眞著急，衝著姓甯的大門簡直要哭了的叫喊著。只聽得數不清有多少條狗，遠處近處四下裡吠成一片。

紅燈籠拚命的擺動，把一片片碎碎的光暈撒落在搖晃的車篷裡，撒落到糾纏的兩個壯漢身上，好似天也旋轉了，地也旋轉了。可我只有眼睜睜愣瞪的份兒，猛叫的份兒。

那個該死的慢郎中，這才把煎好的湯藥潑潑拉拉的端來。不管怎麼急、怎麼恨，總算巴望到救星。可是沒用了，藥灌不進去。

我爹夥著姓甯的，兩個人硬把老舅扳平，結結實實的按住。

「快快端過來！」

弄不清是我爹，還是姓甯的，這麼叫喚著支使我。我下到車篷裡，端過也不曉得潑掉多少的藥盆，渾身打著愣戰，哭得不成樣子。可老舅嘴巴扳不開。我爹抓過鞭子來，就用鞭桿兒去撬老舅冒著泡沫的嘴巴。

「不要！不要！……」我發瘋的哭著，喊著罵出一些髒話。「不准糟蹋我老舅！你們都不是人揍的……！」

老舅的嘴唇被搗破了，搗出了血，一定是血。我爹不知有多狠心，還不罷手，鞭桿只管轉來轉去的鑽著，我想那血多半是從搗爛的牙肉流出來的。把老舅當作甚麼啦，當作牲口整嗎？

我怎樣也忍不住了，只覺得有股子說不出的瘋勁兒衝上來，就把手裡的藥盆衝著車篷裡摔進去，轉身就往下撲，也顧不得甚麼惡狗，哪怕是豺狼虎豹！可一腳剛踩上車桿，好像踩了一個空，車桿是滑落了，還是斷了，急切間也辨識不清。漫空裡，我一把抓住大青騾子的肚綳帶，才又翻過身來，一腳踩到另根車桿上，人算是跨上橫在前面的騾背了。大青騾子嘶哮著撒開了四蹄，連騾套帶胸兜一起掙脫了，和我一樣發瘋的奔開。

風打著臉，撲辣辣的打在臉上，能夠抓緊的只有一雙短手抓不過來的大青騾護脖圈。我知道終久要給摔下來，我沒騎過光屁股騾子。可不是我能作主的了。

回頭看了一眼。背後黑漫漫的一片，給淚水浸痛又給風刺痛的眼睛，甚麼也看不到。

但彷彿是，在風聲裡，蹄聲裡，在遠去的狗吠聲裡，和在我急切的哭聲裡，就在背後黑漫漫的那一片田野裡，我似曾看到——

一團兒血光，那盞殘破的紅燈籠，還在搖擺著……

一九六二・九・板橋

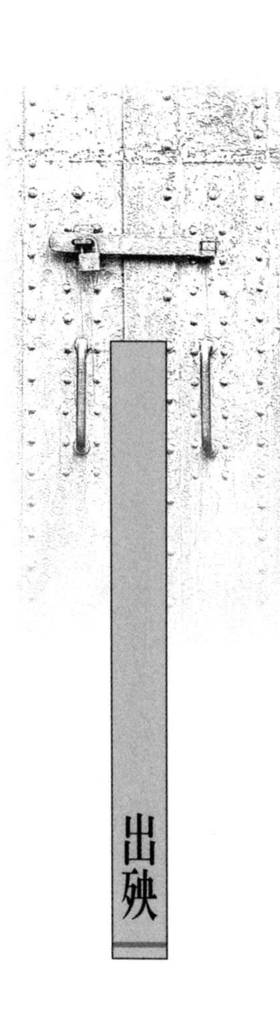

出殃

「怎麼回事兒——這是？出殃啦？」

徐三走過頭進院子，又遲遲疑疑來到二道門，還不見一個人影，就沒再往裡走，先把手裡的考籃（注：科舉時代考生攜帶文房四寶及食物的籃子）放在地上。手凍紅了，掌心又給考籃把子割出深深溝痕，握在嘴上呵著氣取暖。

頂面一溜三間正房，花櫺子門窗都關得很嚴。大門二門倒又這麼大敞著，眞使徐三這個幹過槓夫的傢伙疑心這兒出殃了，只差門外沒豎旗杆，兩進院子沒遍地撒上石灰粉。

徐三沒來過這個離城二里路的小公館。老爺開給他地點，問了又問這附近的街坊，才摸到這兒來。徐三只從燒飯打雜的閒拉聒兒裡聽到過，這個小公館裡的三奶奶比家裡二小姐還小上兩歲。討來時，是個黃花閨女，不是窯姐兒出身的二奶奶比得上的。徐三也聽說這位三奶奶除掉一個丫頭在身邊使喚作伴，這邊宅子裡再沒別人了。老爺儘管爲了討這個小房，又下聘金，又蓋房子，著實花掉不少。新人又生得天仙一般標致——徐三可從沒見過——老爺卻不大常來，十天八天走一趟，也不大勾留。敢情快上六十歲的人，精力不怎麼夠用了。可是風傳這個又老又肥的老爺，又看上這邊小公館裡陪伴三奶奶的丫頭了，打算收作四房。要眞那樣的話，誰說得準老傢伙不興再討個五房六房！

這個剛在附近一家賣野飯小鋪子裡喝了四兩燒酒的夥計，停在二道門的過道裡呵著手發了一陣子愣，心裡有些沉沉的不大對味兒。過二十五歲的人了，還沒誰來提過親。在鄉下老家裡，成了個給人取笑的老光棍兒。要說人品嘛，生得高高大大的，鼻子是鼻子，眼睛是眼睛，沒殘廢，沒缺欠。除掉愛喝個兩盅，也沒甚麼嗜好。要就是脾氣有點暴躁；行業幹過不少，哪一行都幹不長久就鬧崩了。來這一家當差以前，幹的是槓夫——伺候死人的營生，只說夠久了，沒哪一行幹過一年零兩個月，末了還是改行了。就只是老光棍兒這一行，一時還得打下去。

這三開間正房，門窗都是細工雕的櫺子，新油漆，糊的銀紅水棉紙，裡面關著奶奶和丫頭，又都那麼年紀輕輕的，得和老宅子裡另外那兩個女人共一個又蠢又胖又脾氣壞的老頭子。有一扇窗櫺隔著銀紅窗紙，影出淡淡的一團兒綠暈，大約是放在窗台上的盆花，海棠或者萬年青。靠窗太近了，隔一層水棉窗紙也透過來。

庭院裡羅底方磚鋪的地，左右兩座花台裡栽著雙生的哥兒倆一般大小的石榴樹，密密的細枝條兒上，葉子可都落光了。或許天陰的緣故，這大的庭院一點也不顯得清亮，不說像出殃，也彷彿是座陰森森的凶宅。徐三眞疑心兩個年輕女人家，住上這大的宅院能不冷清、不害怕。誰知道兩個年輕的小娘們兒關在裡面做甚麼！人要沒事做，就得找點事兒，不用說了。

「三奶奶。」

徐三沒敢放大聲，輕輕的試著喊了一下。也沒人應。

「眞的出殃了。」

他心裡頭跟自己嘀咕。要說眞的關在裡面做甚麼，大門二門就不該虛掩著不上門。可是他嚇了一大跳；剛蝦下腰去提考籃——也不知爲的甚麼要把地上的籃子提起來——背後不曉得哪一扇門吱喲一聲。那個門研窩兒就那麼緊、那麼澀麼?他連忙轉過身來,就在這一邊二道門的耳房窗口上,探出個上半身的婦人家,臉上帶著點忍不住要笑的俏皮。原來開的是窗子不是門。

徐三眞還少見過生得這麼俏的小娘們兒,心裡一慌,手裡的考籃就落到地上。

「三奶奶,老爺……老爺差小的送這個來。」

女的搗著口嗤嗤笑,俏臉蛋兒給憋紅了。

「眞的,三奶奶……」

他也不知道該當怎麼說,不知道自己說了甚麼。女的愈發笑得搖來擺去,一對細皮嫩肉的小手合攏在嘴上,露出白羊毛的窄袖口兒裡,塞一條水紅絲手巾,飄呀抖的。手腕上佩一只翡翠鐲,碧綠碧綠的,夾著幾絲兒白花紋。

徐三就只有愣愣的等著女當家笑個足,考籃也就一直雙手捧在窗口上,等著三奶奶來接。

「總有門兒呀,又不是探監送牢飯,頂著窗口往裡遞。」

這位三奶奶笑得一點氣力也沒有了,靠到窗框上,輕輕搥著胸口。徐三這才被提醒了,急忙繞過來。

耳房門虛掩著,可還不敢這就貿然闖進去。

「還等三奶奶親手給你開門呀,老爺也沒擺這麼大的架子!」

虛掩的門縫裡,往外透著一股子暖烘烘的熱氣。徐三輕輕的用腳把門撥開,扁著身子挪進來。

屋子小，兜熱，跟外邊一比，另個季節。女的坐到一張鋪著整狗皮的春凳上。面前紅木架子架著一只銅火盆，烘籃上可正烘著件小衣服。

女當家一陣子笑過，紅暈還停留在臉上，故意不屑的瞟一眼那只考籃。

「甚麼寶貝東西！」

「老爺吩咐的，有位下邊來的老朋友送了些南貨，差小的來孝敬你三奶奶……另外還有兩百現洋。」

女的又噗哧笑了一聲，沒有接著再笑下去。那一對吊梢眼瞟著徐三，水靈靈的黑眼珠兒不知有多活，一刻也安靜不下來，晛得徐三心裡突突跳。

「新來的吧？」

「來也有個把月了。可惜老爺一直沒差小的來。」

「那有甚麼可惜？」

女的咬著一隻鳳仙花泥染紅的指甲，好像很生氣，自然是矯作的。綠翡翠手鐲上細工雕著雙鳳朝陽；順著上面生就的白色紋路雕成一縷縷雲彩。

「沒能來伺候三奶奶，是小的沒這個福分。」

「倒是生的一張好嘴！」

女人瞅了徐三一眼，拉拉小皮襖琵琶襟底下露著白羊毛邊兒的下襬。那小皮襖瘦得緊緊捆在身上。一道道橫縐，托住兩個鼓綳綳兒的奶子。那樣緊的衣裳，恐怕連一根指頭也難得插進去。再看那一雙腳，鞋子也不穿，只趿著一雙血紫繡花緞白兔毛鑲口兒的拖鞋。這都不是個正經婦人的裝扮。

「坐下烤烤火再走罷，天兒可眞冷。」

「眞冷。」

徐三一點兒也沒覺得冷，卻不由得縮縮肩。他挪挪腳步，腳底下淨是瓜子殼兒。要坐就得坐到三奶奶對面另一張也是鋪著整狗皮的春凳上，那就沒禮數了，跟奶奶平起平坐的。

「怕的啥呀?還嫌矮不是?豎在那兒像座山樣兒!」女的翻弄一下烘籃上烤的小衣裳。徐三這才留意到，那可不是別的，原來是件貼身的粉紅軟緞蘇繡小兜肚兒。不覺有一股血滾燙的湧向臉上來。

「我就這兒蹲蹲吧。」徐三嗡嗡的自語著，蹲到火盆一旁，張著兩手烤火。兜肚兒上微微散發出一絲兒蒸氣，彷彿有股子甚麼味兒，可以嗅得出。

「看樣子，你也不是做甚麼粗活的……」

「你三奶奶眞算有眼光。可不是麼，老爺雇我來管帳的。」

徐三撒了謊，看著女當家很相信，就順竿兒爬，雲山霧沼的吹了一陣子。

「老爺是怎麼喊你?」

「三奶奶就喊我徐三得了。」

女的又止不住笑起來。不知爲甚麼，他覺得，似乎只要喊一聲三奶奶，三奶奶就非笑不可。這麼一想，膽子就放大了。

「我這是排行老三，一輩子的事。你三奶奶就不啦，有一天就是大奶奶了。」

「誰稀罕！當眞那輩子作多大的孽，命該陪那個老不死的熬白了頭髮！」

女人撇撇嘴，斜了徐三一眼。徐三也經驗過不少壞女人，這些眉來眼去的風情，他也不是不懂人事的傻子。不管正房還是偏房，家主婆偷下人也不是沒有過。

「老爺甚麼都好，就只是年紀大了些。」

他還不敢說——老爺就是太肥了些，不是活生生的一條豬嗎？憑三奶奶這麼個又年輕又標致的人物，腰那麼一掐掐，腳那麼瘦尖尖，一雙纖纖細細的小手嫩得撩一下頭髮也怕折斷。就憑這麼一隻彩鳳，配了老鴉，她呀不怨不恨那才怪！徐三腦殼兒裡那點酒意酵得發酸了。

「人也眞難，」徐三不懷好意的笑盈盈望著他這位不大正經的女當家。「老爺有的是萬貫家私，只可惜上了年紀；我徐三年紀倒輕，又窮得叮噹兒響，連個老婆也討不起。」

「照這麼一說，你跟老爺要能併一併，那倒是……」

「那倒十全十美了。」

「看怎麼併罷；要是跟老爺一樣老得喀嚓喀嚓響，又像你窮得叮叮噹噹的，誰倒了八輩子楣呀……」

女的又笑得發抖了。

「那要看三奶奶你怎麼挑，挑老的還是少的。」

「眞刁！敢情挑富的，不挑那個窮光蛋。」

女的迫不及要笑，急忙把嘴裡清理一下。來不及轉過臉去，一個瓜子殼兒就衝他吐了過來。哪兒不好落，單巧落到徐三的檔子上。徐三低下頭去，兩個指頭小心翼翼捏下來。瓜子殼像個人又開兩腿那樣。他把它弄來站在火盆的紅木架子上。

女當家的臉孔紅起來，那樣醉醺醺的，徐三心裡似乎有數兒了。老爺那樣又老又肥又給三房四妾的纏著，這個三奶奶倒能沾到多點兒個？要不又饞又餓才有鬼！

「這話不該我們下人說，憑三奶奶這份水色——」他可擔心這話有些重，乘那點兒酒意又不由得要挑一挑。「你那頭挑個富的，這頭挑個年輕的，腳踏兩船頭，還怕挑不上滿筐子滿籮的！」

果然這位三奶奶的臉掛下來。那張俊臉蛋兒埋在足有四寸高的元寶領子裡，稍一上了點兒氣，就那麼凌厲了。

「胡唚！你這麼爛嚼舌頭根兒，當心老爺抽你筋、扒你皮。」

——你別裝正經，一開頭你就跟我嘻嘻哈哈的，當我不懂得女人這一套！徐三心裡這麼說。

「只要爲你三奶奶，抽筋扒皮還算回事兒？」

三奶奶倒又笑了，一把瓜子殼兒撒到徐三臉上。

「爲你三奶奶甚麼？我這充軍充到沙漠海島背了時的人，還有甚麼好處給人想！」

「我徐三是奴下奴，哪敢在奶奶身邊兒想好處？三奶奶肯賞那麼點兒剩湯剩水，那就算我徐三三生三世修來的。」

「想不到老爺瞎了眼，用上你這個吃裡扒外的混帳東西！」

女人嘴裡說的能把人嚇倒，那一對水汪汪一刻也不老實的黑眼珠兒卻把徐三勾起火兒來，迷得甚麼都忘掉了。他可試了幾試，想去摩弄一下那雙又白又嫩的小手，膽子老是壯不起來。這個又饞又餓的小女人動了春心，對自己有了意，那該沒的可說了。瞧她一點兒也不顧忌，一隻腳褪掉鞋子趿子，翹在火盆子上一下下去捏，好像不知走過多少路，歇下來捏捏痠。腳上穿的雪青洋襪子，裹過又放的腳背稍稍有些兒拱。

「你三奶奶肯罵我混帳，那是情，誰有我徐三這麼個福分……」

徐三沒等話說完，只覺著腦殼兒裡有甚麼東西往上一頂撞，又好像一股子燙燙烘烘的熱勁兒打心底兒衝上來，一時壓不住自己，撲過去，一把抓住穿著雪青洋襪子的腳，湊過嘴去便親，可惜根本沒有抓到手。女人急忙找拖鞋，沒等趿上腳，戴著玉鐲的小手又給徐三拉住了。有那麼一副翡翠鐲擋住著，可就大不方便掙脫了。

「你這個要死的東西，快給我放開！」

「三奶奶，三奶奶，你就情願給那口肥豬糟蹋，就不肯……」

「快給我放手，你當心三奶奶……」

女人的臉色變得慘白慘白，拚命的掙著。徐三忽然有點害怕，好像這又全不是那回事兒了，這小女人幹麼嚇成這樣子！就在他神情一恍惚間，一個不當心竟讓她掙脫了，跑走了。

徐三愣愣的望著敞開的房門，半晌清醒過來，明白自己闖下大禍了，拔腳就跑。這才發現手裡抓著一副翡翠鐲，連忙擱到春凳上，彷彿再多拿在手裡一會兒，就會燙到手，給人抓住贓了。可是考籃要帶回去交差呀，他就慌忙把裡面裝的南貨和現洋倒到另一張春凳上，倉皇逃出來。

他這才覺得天氣眞夠冷的，加上心裡又害怕，牙骨磕得喀喀響。

可那位三奶奶一直都不喊出來，可見對他還是有點意思。她那麼慌張，吃驚，自然是害怕給她的丫頭撞見，毀了名聲。也說不定她是存心留下這副翡翠鐲。眞傻吧。定情的鐲子。徐三這又連忙折回去，回到暖烘烘的小耳房。碧綠的翡翠鐲揣到懷裡，順手又把那件還不曾烘乾的粉紅小兜肚兒握一握，塞進袖籠兒裡。

灰砂迷眼，風是頂面風，吹得徐三拉縴似的傾著身子往前走，空空的考籃讓風颺起來。他一手插在懷裡，握緊涼陰陰的鐲子，按在胸窩兒上，狠狠的要把它按進皮裡肉裡才稱心。

粉紅薄緞的小兜肚兒，裹著雙鳳朝陽翡翠鐲，這段兒情日裡夜裡揣在懷裡，要是這夜躺到床上睡不著，他就能拿來胡亂的作踐；想著那個身段，那個人兒，水靈靈的眼神兒，白嫩嫩的手。夢裡尋不著，醒來總是一找就找得到，怎麼抱，怎麼摟，那就不用睡吧。貓叫五更了，雞啼天明了，人還愣著兩眼尋樂呢。老爺沒再差派他下鄉。沒有老爺差派，就只有拿小兜肚兒翡翠鐲，摟著抱著，解渴墊飢兒。

迷到墊不得飢兒也解不得渴的地步，人就迷糊得著了魔似的少心無魂。不知怎麼的一疏忽，東西落到老爺手裡了。不知是誰溜狗子，討老爺的好，偷去交給了老頭子。

「你給我說，你哪兒來的這些玩意兒？」

軟緞蘇繡的粉紅兜兜兒抖到徐三臉上。兜兜兒上淨是些發硬的斑跡。徐三臉紅了，老爺那張又虛腫又帶著重下巴頦的胖臉倒氣得白紙兒一樣，抖得那些鬆當當的肥肉，抖著軟緞的兜兜兒。

「你不給我照老實說，留神我打斷你狗腿，押你上衙門。」

上衙門那是沒有的事；老不死的哪裡就那麼不要體面的亂張揚？打斷腿倒是幹得出。

「我買估貨買的，打算娶親用——」

「放你狗屁！」

老頭兒胖雖胖，人倒挺溜活，伸手就抓起手邊的一枝水菸袋衝著徐三摔過來。那樣細工鑄打又那樣單薄的白銅水菸袋，走他耳邊颼的一陣風兒飛過去，跌在門外石鋪的走道上，癟得不成樣子。走道上撒了些水和皮絲菸，好像踩爛一顆驢屎蛋兒。

徐三彎起胳臂搪著，一面跟老爺告饒：

「你老別生氣，老爺，我說就是了。」

老爺的重下巴抖出三個下巴來。

「三奶奶聽說小的要成親，賞的……」

「狗屁！」

老頭兒喊來管帳先生給徐三算工錢。

「你給我滾！馬上給我捲鋪蓋走路！」

老爺很費了些手腳，靠著夥計和帳房先生幫忙，才算把那一堆肥肉塞進騾車裡去。

「慢著！」棉布帘子掀開，胖腦袋又探出來。「別讓那個混帳走，給我看著。等我問個明白，回來我再跟他算帳。」

「便宜了他——那樣！」

騾車搖搖晃晃的上路了。騾車裡又丟出這句話。徐三這才撣撣膝蓋上的土，站起來——

要說三奶奶看上我，死心塌地非跟我徐三不成，一定就沒有好聲氣的回他老不死的：我送他的，怎麼樣？我跟定他了，命該我熬到你進棺材？那輩子我作多大的孽，命該給你這口死豬墊棺底兒？想得真好！敢情那三奶奶也攢了不少私房，硬話說得出：我先告訴你，你回去要動徐三一根汗毛，咱們就撕破了臉拚一場吧！你還當是當初那個黃花閨女，隨你想怎麼擺弄就怎麼擺弄？別想！可不是麼，三奶奶那張嘴也不是饒人的。六天前還送過那兩百塊大洋不是？就算她手頭大，沒攢下多少私房，收拾點兒細軟，憑那兩百現大洋，遠走高飛，日子也過得下去了。哼！不那麼便宜，你要是還想留那張臉去混事兒，咱們可先說明白，你得把徐三差派到鄉下來照應這邊兒宅子。你一個月不來一次，一年不來一次，我都不稀罕。我有本事養漢子，也有本事管得住丫頭，事兒保管漏不出去，就算給你面子了。話說到這兒爲止，你帶回去想吧！石板走道的縫兒裡不知甚麼時候落進幾棵麥子，抽芽抽有兩寸高。小娘們兒家也靠不住，這年頭兒！人心晝夜變，天變一時刻。老傢伙要跟她來軟的，兩句好話一說，再兩百塊現洋一哄。保不住貪圖那份兒榮華富貴。那又何苦來？甘心伺候那條死豬到哪年哪月？不是也說過？誰稀罕甚麼大奶奶！小娘們兒家膽子小呀，要來硬的又該怎麼辦？刀子拔出來了，明晃晃的，也不那麼了不起。老傢伙甚麼都幹得出來的，你給我滾！一針一線也別想帶走，該找甚麼野男人找去吧！找他成千上萬的。那她不軟了嗎？老爺，我再也不敢了；往後把我當豬當狗，我也服服帖帖伺候你一輩子。還不是哭哭啼啼求著嗎？老不死的心一軟，起來吧！往後就是養他個把兩個漢子，我也睜隻眼閉隻眼。只一條，你養漢子不能揀老宅子裡的下人養，我做老爺的去跟下人夥騎一頭馬呀？沒門兒！我先把那個混帳徐三整給你看看，問你往後還敢不敢！你給我死掉這條心……

「你還不快滾！」管帳的瞧著騾車去遠了，回過身來推了徐三一把。

「啊？要我滾？」徐三這才從一陣子迷迷糊糊裡清醒過來。

「不要你滾要誰滾？當眞你還要等老爺回來，十八兩大秤來秤你？」

看看這勢頭眞是不大對勁兒。老傢伙回來，不定要怎麼收拾人。徐三倒是眞心感激帳房先生這麼提醒他，千謝萬謝搭救之恩。要按他自己窮琢磨的那些，好是太好了，天上掉下來的也沒有那麼好；壞的又過於壞了，壞得不敢想。他蝦腰作揖的謝過帳房先生，忙去打點鋪蓋捲兒。

「這你不能帶走。」管帳的張起雙臂攔住。「你要帶走行李，我可就沒話回老爺了。」

徐三沒料想有這一手，左右又沒別人。「我回老爺，得說你溜走了。捱罵，我是認了，誰讓我心腸這麼軟呢？沒有讓你帶著鋪蓋溜走的道理，沒的讓老爺疑我偷放走了你，那可擔待不起。」徐三看著地上的鋪蓋捲，被子、褥子、換身褂褲都不說了，新製的兩套夏布褂褲，留著出客的行頭還沒上過身呢，都打在行李裡了。他可有點子遲疑。

「那就請先生把這個月的工錢算給我吧，要不，連路上喝口水的盤纏也沒了。」他望著帳房眼角上夾著的黃眼屎。

「我勸你少嚕囌，你捨不得工錢跟行李，你就待在這兒，等老爺回來再說吧。」

「工錢也是老爺交代了要算給我的，你就行行好……」

「誰說不是啊，等老爺回來跟你算帳吧！」

帳房先生呸的一口濃痰吐到地上，正落在那幾棵麥苗子上，用腳蹉了蹉，一甩袖子走開了。

「人心不足啊，這年頭好人難做！」

管帳的又回過頭來，喊來那個燒飯的，徐三的鋪蓋捲兒被扛進帳房去了。

徐三愣上老半天，就懷著這麼一股子怨氣回家了。

家離城裡也不十分遠，二十來里路，步輦兒不用一個時辰。徐三在外拉雇工，從來幹不長久。可像這樣精光光走回家，倒沒有過。一家人把這個敗家星給數落得站也不是地方，坐也不是地方。徐三自己可還沒死心，想著那個把他迷死又害他落到這般地步的三奶奶，拿不定主意要不要再去碰碰運氣。家裡這碗現眼的閒飯也難吃下去，碰運氣去吧。碰得上，人財兩得，也給一家人一點顏色看。那時節，爹也是爹，娘也是娘，哥哥嫂嫂也是哥哥嫂嫂了，看他們還是不是這副鼻子眼睛！

在家裡閒蹲了幾天，徐三鼓不住又得出去，也鼓不住一家人給的閒氣。

看看就快臨年根歲底，找個飯碗也不那麼方便，他是下了狠心再去那位三奶奶那兒碰碰看。

背著細長細長的空包袱，走著就沒勁兒。路上不歇的想著那副翡翠鐲和那件兜肚兒，眞後悔怎麼會露了白。今天要有它在手上，還有甚麼可愁的？小娘們兒要認帳，珠寶細軟那麼一捲。萬一要是不認帳，就作押頭，敲她一筆。不要多，來上一吊現洋，頂好把她跟前的丫頭再要下來——老宅子那邊說那丫頭生得水蔥似的，老傢伙久已在打念頭，想要收作四奶奶。自然還是閨女，比起三奶奶這個殘花敗柳又要高強多了。人財兩得呀，他倒又懊悔起來，那天怎麼單巧就碰上三奶奶；要是先碰上那個丫頭，照樣勾搭得上呀，事兒就糟不到今天這般田地了。

傍晚時分趕到了。老遠就瞧著那個宅子門前出出進進的一些雜人，似乎動工做甚麼。徐三把脖兒套的駝絨氈帽統統拉下來，遮到下巴頦，只露出兩隻眼睛，害怕遭到熟臉子。這天氣冷得緊，風又大，帽子這麼拉下來，倒也挺是那麼回事兒。

走得近一點，才看出那兒像蓋房子甚麼的，門口正在豎旗杆，幾個漢子推架著，下面沒有培土。旗杆上飄著長長的黑幡，風太大，使得旗杆要費很大的力氣才扶得正。

宅子西邊隔一道土壟，有條不像樣子的小街。徐三那一次提著考籃送南貨來，便在這條街上問過路，吃過兩杯。大約天太冷，很少還有過路的人，賣野飯兒的小鋪子生意也收了。

——這到哪兒落一腳才好？嘴巴罩在帽套子底下，跟自己打商量。靠嘴邊兒，帽幅上噴的熱氣濕了一小片兒，風一吹過可有點兒涼。既是來了，二十里路趕到這兒，又進不去那個宅子，總得候候看。

「掌櫃的，怎麼這樣早就上門啦？」

徐三蕩進賣野飯兒的小鋪子，裝著趕長路那個勁兒，跺跺鞋子，把氈帽捲上去。

「沒甚麼生意，又快到年下了，不上門又幹麼呢，二哥？」

「想打個尖兒，這不黑了？」

「我說你這位二哥，再走上二里路，也就進城了。那邊兒甚麼可都方便……」

「這路我倒熟，倒想趕進城去歇歇腳。掌櫃的，你看這腳底打了泡，還能趕路麼？湊合在你這兒歇歇腿吧。」

「那倒沒甚麼，橫直咱們吃甚麼，你就吃甚麼吧，快坐下歇歇腳。」

掌櫃的倒是個和氣生財的小生意人。做慣這個老是五色人等上門來的小生意，乍乍的還像受不住冷清，就和款待親朋一樣，小木盆打了一下子洗臉熱水送來，又沖了一壺大葉子茶。

「我看，你們東邊那個大宅子辦甚麼事兒吧？」

「喪事兒辦過了；明兒就是頭七，要辦回煞啦。」

「死的是丫頭還是奶奶？」

徐三一時情急，疏忽了應該避避口風。掌櫃的倒沒大留意，老於世故的撇撇嘴：

「給人做小的，十有九個都沒好收場。這樣的事兒不稀罕。」

「沒好收場？敢情……？」

好像有塊大石頭沉沉打在心窩兒裡，打得徐三搖搖晃晃就要栽倒下去。

照店掌櫃的說，這位給人做三房小老婆的娘們兒，私底下養漢子，養的又是老宅子裡的下人，給老爺捉了姦，一惱一羞，倒是吞金自盡了。

「這小娘們兒雖說給人做小，又倒貼養漢子，可總算是個烈女，倒難得。不像有些下賤女人。給攆下堂了，還賴三賴四的苟活著。」

掌櫃的咂一咂菸袋琉璃嘴上往下流著的口水，品品味兒，嘆口氣道：

「話又說回來，偷漢子嘛，也偷個像樣兒，不是麼，你這二哥，偷起家裡下人，這不是自討下賤？不是該死？」

徐三少心無魂的應諾著，臉色很難看。算算日子，回家到今天，可不正是七天？那麼一枝花兒似的三奶奶，該是被解雇的那天就讓老頭兒給逼死了。

「你可聽說，那個下人怎麼樣啦？那家老爺饒得過嗎？」

「這些子腌臢事兒，咱們也沒多大閒工夫去打聽。不過風言風語的傳著，倒貼給那個下人的金鐲金箍子都追出來了。老頭子大概看錢比人重，光顧著死逼活逼，硬要這個小娘們兒供出另外還倒貼了甚麼。這麼一來，這邊逼出了人命，那邊也讓那個下人給溜掉了。老頭子也算倒足了王八楣運啦！」

「這位小老婆，娘家要還有人，怕也不能饒過老頭子吧？」

「有人哪！要沒人，喪事也辦不這麼大。娘家要告狀打官司，老頭子撒金撒銀的才把事兒按下去。賠錢不用說，開弔用的場面不用說，壽衣壽材也不用說；單是這七七四十九天道場，就得按規矩來，一樣也省不掉。明兒就是頭七了，如今普普通通的人家，哪還有做回煞的？」

徐三自己也弄不清口裡喃喃的念著甚麼。掌櫃的以爲他不懂，一旁細細的講說著：

「咱們俗稱都說『出殃』，他們考究點兒的人家才說回煞呢。」

「你說，咳，掌櫃的，頭七出殃，鬼魂當眞回家來看看麼？」

不知道徐三這傢伙又想到了甚麼，眼睛死定定的盯著桌上跳著燈花的菜油燈。

「誰知道？怕總是誑人的多——我看。」

掌櫃的起身去招呼飯食。小店堂裡昏昏的一盞油燈，只能照亮桌面這麼大的地盤，照著徐三一張刀刮似的板硬的龍長臉。那對三角眼兒一直都死定定的盯著燈焰兒，其實不知是望著甚麼。那兩隻胳臂平伸在桌子上，下勁兒摳著油膩膩的桌子面，摳得指甲裡塞些油垢和木屑，隱隱有些兒脹得痛。

到子時，那大的宅子裡就該一個人影兒也沒了。去吧，沒生緣，倒有死緣。那麼一朵花似的，這樣大冷天，屍首該還挺新鮮。他把拳頭輕輕擂了一下桌子，站將起來，愣上一陣兒又坐下來，順手把燈捻子剔大一些。照理說，棺木還沒煞扣，裡面人也有，財也有。也但願宅子裡衣物首飾還沒全搬完，去磕它一個老實的。

心裡當然也有點難過，人心到底是肉做的。她死是爲的我徐三。今生好事不成了，命定的。我這番情義報在你屍首上吧。天緣湊巧呀，早不想來看你，遲不想來看你，神差鬼使就領我單挑上今天趕上這麼好日子，闔宅子沒人，都避開躲殃去了。你我陰間陽世生死來相會吧。

伺候死人的行業，他幹的最久，玩屍玩過一年多。老話都說，人死如虎，虎死如綿羊。他可不大覺著有甚麼可怵的。人死了，就是死了；給那麼多屍首抹身子，穿壽衣，一疊火紙蒙著嘴，抬根木頭椿子似的，硬棒棒的一抬就放進棺裡了，可沒見過哪具屍首敢不聽他的，也沒見過哪具屍體還敢動一動。要說出殃，也不是沒見過；見過也不止一兩次。做頭七回煞，頭天晚上，子時前就要準備一桌酒席設在靈堂裡。死者的衣飾，要揀點兒生前喜歡的好生擺設起來。所有的門窗櫥櫃一律都敞開。上香點燭，焚化紙箔，完了就把全家不分裡外遍地給撒上石灰；大竹箴篩子裡盛著熟石灰粉，篩著倒退著，屋裡屋外落過一場雪似的，不能落下一個腳印兒。全家這就不留一個活物，一齊住到近親街坊家裡躲一宿，讓那些陰差押解亡魂回家來告辭，就此永訣塵緣，按著甚麼惡狗村，望鄉台……七天一站的走進陰曹地府受點託生去。儘管這樣開門敞戶，不留一個人守家，有了門前旗杆挑著的天燈和黑幡，怎麼樣下作的小毛賊也不去碰那個晦氣了。這要等到天色矇矇亮兒，合家回來聚到大門外哭呀嚎的來上一場，金箔銀箔整串的元寶燒完了，就該齊打夥兒湧進去，看看地上有沒有甚麼痕跡，酒席衣飾有沒有動過，似乎去世了七朝的親人能夠重又回家走上這麼一遭，心裡多點兒安頓，好像重又團聚了一場。

他徐三就不肯信這邪。徐三就該是那些血氣正盛的壯小子，甚麼都不信，只信他自己一個人。石灰上落下甚麼痕跡呀，耗子爪、狗蹄子，酒餚也興少了些，筷子也興動過了，也有的櫥門關上了。只有一回他親眼見過，一路留下雞爪印子，大得很。天亮前，雞子上宿還沒放出籠，也沒有那種大的雞爪。人們都把陰間的差役叫作陰雞子，把家來的亡魂叫作殃雞子，敢情生的就是那種腳。他徐三還是不信那一套邪。躲不了是隻獺頭雕嗅見死屍的味道落進院心了。

「我就不信這邪！」

徐三端起盅子，跟掌櫃的對了對，一仰腦袋把最後臢的半盅二鍋頭兒乾了，去摸烙餅。「我就不信這邪！」重複的叨唸著，烙餅上抹上一行臭醬豆，來上棵大蔥。下酒是它，捲烙餅也是它，吃得滿腦門的大汗。

小飯鋪兒沒歇處，老闆客氣的虛讓了讓，徐三也假意謝了。烤一陣火，說要進城去，天恐怕早已交過子時了。滿店堂棉花柴的黃煙，辣得睜不開眼。酒燒熱的臉子，一走出屋門，好像一頭插進冰窖子裡，人就不由得打了個寒顫，天可是一個星渣子也沒有。

黑幡和旗杆，盡都沉在黑裡，漫空一盞白冷冷的天燈，恍恍惚惚不知是遠還是近，懸空直打戰。徐三瞄著天燈，爬過那一道土壟，來到旗杆底下，也摸到旗杆了。仰臉看看，昏黃昏黃的白燈籠似乎更遠了。

旗杆隔一片空場直對著宅子。大門、二門，正房的花檽子門，一路敞到底。站在天燈下，一眼就能望見正房靈前兩團陰綠慘慘的燭火。

徐三躲過當門射出的淡淡的燭光，繞到黑地裡，往大門那邊摸索過去。酒沒過量，卻很有幾分醺意。上次來時也是這樣醉醺醺的。一心只想著三奶奶的俏模樣，一心只願棺材沒煞扣。甚麼時候也沒有像現在這樣覺得自己是個地道的男子漢。男子漢血氣盛，頭頂陽火高三尺。摩一摩太陽穴，陽火就能高三丈，甚麼樣的凶神惡煞也得避遠著點兒。

黑裡看得見，白石灰一直鋪到大門外。明兒清早人們就該到處去傳說，陰差穿的還不是跟咱們一樣的老布鞋！這還不算，等到發現棺裡的美人兒光赤赤挺到地上，那可更是千古奇聞了。要是不用費大勁兒，那就托她到床上。那麼樣小巧的身段，重不到哪兒去，了不起八九十斤吧，抱她出棺也容易，僵直僵直的。要怕給屍氣沖了，拖著兩腿倒豎起來也成。這些手腳他都內行。站在門旁暗處略略的這麼一思量，身子一閃就潛進大門裡。

一陣兒清淡淡的臘梅花香，連帶有一股甜膩的年意給人。站在二道門黑糊糊的過道裡，徐三把他駝絨氈帽套子又拉下來蓋到脖子上。那些情景還像昨天一樣的新鮮；就在這間小耳房裡，紅木架火盆上烘著粉紅緞的兜肚兒。就是那張逗人著迷的猩紅的小嘴唇兒呀，一緊一合吐了滿地瓜子殼兒，還吐了一個殼兒落到自己的褲襠子上，怎麼就該是這麼一個薄命姐兒！那回子來這兒，也是靜寂寂的，一個人影兒也瞧不見。「怎麼回事兒，出殃啦？」還那麼說過，眞給說中了。可就是緣分前生欠，孽債今世還。要不也沒那麼巧打巧中的事兒。

徐三輕輕的走過二道門，院子裡遍地白得發亮的石灰，好像踏著月光，只是地上沒有影子，便又好像走在雪地上。四周圍眞是靜得掉根繡花針兒也聽得見。大襖前後大襟兒一走一拉風，呼拉呼拉響，彷彿背後有人不緊不慢的緊跟著。整個腦袋蒙在帽套子裡，一雙耳朵聽甚麼都失眞。要是眞的有個甚麼打背後趕上來，掐住他咽喉，他可一點兒也顧不過來，這就又把帽套重新捲上去。脖頸清涼得如同澆上一盆冷水，跟手就有一陣溜簷兒風，小刀子割似的刮著一雙耳朵帶上後腦勺。冬裡剃頭就是這味道。

正房裡，當門一條長長的供案，供著些盤呀盞兒的。兩枝三斤沉的大白蠟燭燒得噗突噗突跳，彷彿徐三的心跳也有那麼響。燭火從大敞的花櫺子門裡照出來，一幅摺扇那樣的照在院心的白石灰上面，一直映到對面耳房的窗櫺子，燭光映到那上面可不怎麼亮了，黃渾渾搖擺不定，彷彿有一團團黑影在那上面蹦跳。三奶奶就是從那扇窗櫺後面探出頭來對他徐三笑的，那又是個甚麼情景！甚麼樣的情意！

徐三摩弄一下太陽穴，才又壯起膽，戴著頭頂上三丈高的陽火，踮著腳尖往前試了試。一步踏下去，眞像踏在整堆的枯葉上那麼響法兒，有點兒不敢落腳。走進正堂的廊簷底下，一眼就瞧見兩支大白蠟燭中間高高聳起的棺頭，黑漆發亮。上面一行老宋泥金字，筆畫連筆畫，字頭連字尾，一路壓擠得夠結實。徐三扁著身子一個側轉，人就潛進靈堂裡，脊梁靠緊到開向裡面的花櫺子門扇上。不知碰到門上哪兒懸空的鐵吊門兒，叮鈴叮鈴的響動好一陣兒。這麼小的一點兒動靜，也好像能把屋頂上的塵吊子震動得撒下來。

他算把氣平了平，四周也看了個清楚。走到黑漆的棺材旁，刺鼻的杉木和油漆的辛辣。棺木有兩盞領路燈，看不見焰子，照出後牆上撤去中堂字畫留下來的痕跡。他是個內行，一摸棺口沿兒，心裡一陣子跳得能把人給憋死，這段生死姻緣算是成全定了。

「三奶奶，我可是來了。這一趟可不能淨聽你打發，得讓我徐三作點兒主了罷？」

這大的棺木，尺寸不止三六。裡面平睡上兩個人也都寬鬆。手在棺蓋上來去撫拭，手底下那麼光滑，依稀還有些溫熱。這不就是那個裹在小皮襖裡面活生生的小身子麼？一個念頭閃上來，你忍心把她翻屍倒骨的糟蹋嗎？但只那麼一閃，這念頭又飛去無影無蹤了。你死得好，你自個說過，除非那輩子作多大的孽，命該陪那個老不死的一同進棺材。你這一死，才有今兒夜裡咱們這段兒緣，前生前世注定的。完了我給你收拾好，不讓你留著光條條的身子現世，你就快去投生吧，多不過等你十五六年，十七八年，我徐三可還壯實得很。

不知甚麼時候起了一陣子輕風，把地上一些紙灰飄飄飛飛的揚起來。那一對燭火搖曳著，露出長長的一截兒燭花。咱們就白燭底下入洞房了，世上眞是少見吧？他去棺材的腳頭上端起靠右邊的一盞領路燈，走到東邊的上房去張望。

雕花紅漆架子床，大得像一間小套房。床上羅帳綾被恐怕還是死者生前擺設的老樣子。東牆一溜兩大櫥櫃，櫥門也都開敞著，一疊疊淨是四季綾羅，閩漆首飾盒一只又一只。靠窗設一桌八碟五簋酒席，兩只紅瑪瑙頂的錫酒壺對角斜擺著。四面四張太師椅，主位椅靠上擔著一襲血紫緞面灰狐大披風。這些財貝，他要甚麼就拿甚麼了。徐三放下手裡油燈，提起一把酒壺，對著鳳頭壺嘴咕嘟咕嘟一口氣就飲下半壺高粱。然後這才斟出兩杯酒，端起來衝著帳鉤上的和合二仙繡人兒擎了擎：「乾掉這盅交杯酒吧！」架子床欄上嵌的白銅鏡子裡閃出他揮動的襖袖，可把他嚇了一跳，杯子裡的酒潑灑了一桌。

「斟滿，斟滿，子孫滿堂！」

他乾了一杯，另一杯酒灑到地上。燈光從下面照上來，使他那一張僵硬得絕望了似的臉孔顯出有些浮腫。從下面投上去的一些黑影，便好像在他浮腫的臉上挖出一個又一個窟洞。

「哈哈哈哈哈哈哈……」

就在屋頂上，徐三的當頭，發出一長聲尖厲的長笑。油燈從他手裡抖掉到地上，立即就熄滅了。眼前陡的這麼一黑，人幾乎癱倒下來，幸而一把攀住了桌沿兒。

「媽的！」

他心裡罵著，一下子就弄明白那是夜貓子一聲叫喚。

落在地上熄掉的油燈，他也不管了，就著外間那對白蠟燭照過來的亮兒，他轉過去，伸直胳臂去撈另一只壺。剛提到手裡，又放下了，窗外好像有甚麼窸窸窣窣的動靜。

方才潑在桌面上的酒，一滴一滴的滴落地上，那樣的清脆，不知有多響亮，似乎一滴就能把地上打穿一個洞。可他剛剛聽到的不是這個聲音。回頭望著那一對重疊成一枝的白蠟燭，側著耳朵仔細傾聽。

隱約的，似是腳步聲，又似是院子裡石榴樹梢在風裡搖擦。徐三不由得後退一步，有點感覺著酒氣一股股的往上沖。

在他清清楚楚聽出那的確是腳步聲在輕悄悄走動的聲音，而又愈近了之後，倒眞有些沉不住氣了。回頭望望背後，似乎聽見自己脖子轉動的聲音——乾澀的門軸兒研著那樣。要是眞的不行，恐怕非要找個退步躲躲不可了。

老半晌都沒再有丁點兒聲音，反而使他覺得會有個甚麼東西不是從地底下，就是打頭頂上一下子冒出來。人是繼續往後退，退著。就在正堂門那一邊的廊簷底下，忽然連連發出一串腳步聲，又忽的停下了。

一點兒也沒有聽岔。徐三便蜷曲著身子，急忙躲進背後靠左邊這架大櫃子下層一個空檔裡，把櫥門輕輕的往裡拉攏上。

徐三有點不明白，當眞能有比他還大膽的傢伙敢來這地方！不自覺的，好像要多找一份兒安頓，他把帽套重又偷偷的拉下來。誰知只一放手，櫥門從手裡脫開，往外轉回去。那副銅片兒拉手鈴鈴的顫動個不停。

就當徐三正待伸手過去把櫥門拉回來的當兒，正堂門口一陣風似的躍進一個黑影兒，一下子就又消失了。

他相信，千眞萬確的一點兒也沒看走眼。就算看走眼兒，耳朵可沒有聽錯。那個黑影並不大，好像是個人形，非常靈活，輕飄飄只那麼一閃，眞似一片樹葉兒飄進來。只是在這麼死靜死靜的整個大宅子裡，那動靜卻又顯得很不小。

僅僅的，只沉寂了一聲雞叫的那點兒時間，那雙腳步便在外間靈堂裡急促的走動起來，很輕很輕，要不因爲地上撒遍了石灰，恐怕一點兒聲息也不會有。

他聽得出那雙腳步聲走到棺材後面去，停了好一陣，繞過一圈便走向他這邊來。他可準備好了，只要是人，他就一下子跳出衣櫥去，先把那傢伙嚇一下，準能昏過去，那就礙不著他照樣幹他自己要幹的。

燭光裡又似多出一片光影，漸漸的隨著腳步聲挨近這邊門口兒來。這人好似跟他學著來的，準是端起另外那盞領路燈照亮兒。

然而房門出現的竟然不是人——

躲在櫥櫃裡的徐三，當頭捱了一棍子似的，眼前一陣子黑。他能感覺到臉上一下子血液退淨了，臉皮急切的跳動著、痙攣著。

「你眞回來了？」

徐三心裡發瘋似的叫喊著。三奶奶的鬼魂出現了：一張臉煞白得沒一點兒血絲。穿的還是那件高得低不下頭的高領子小皮襖，外面多加了一件長坎肩兒。手裡端著一盞她自己的領路燈。

她那藏在高領子裡的脖子，似乎僵直得轉不動了。一雙眼睛倒插著，帶著殺氣。那一對生前老是滴溜溜轉個不住的黑眼睛珠子轉到左邊的眼角上，看了一眼她的床鋪，停在床上良久良久。遂又轉到另一邊眼角上，露出可怕的眼白，瞟一下靠窗口給她擺設的酒席。然後便直定定的望著徐三這個方向，黑眼睛珠子就不再動了。

徐三的牙骨直打戰，用勁兒把下巴頦抵在蜷到胸口的膝蓋上，這樣也還是制不住發抖。忽一陣感到下部酸酸的，像尿的東西，就不由得熱烘烘刺出來。

「三奶奶，菩薩，你就饒過我吧，饒命吧！都是我該死，小的坑了你。皇天菩薩，小的也正想著，方才還在想著，哪兒忍心把三奶奶你翻屍倒骨！小的允願，把三奶奶你當作活神仙供奉，求你饒命，小的賭咒馬上就滾，不敢動三奶奶一針一線……」

可三奶奶的鬼魂一步一步走近來，那麼清楚，那麼貞貞，小小的嘴角上掛一絲兒冷笑，彷彿說：

「徐三，你還能跑得掉嗎？你自己冤魂纏腿跑了來，我可要伸冤報仇了！」

鬼魂一點兒也不偏偏身子，對直的衝著徐三走來，伸手就來拉徐三面前這扇半掩的櫥門。一聲慘嚎，徐三似乎也同時聽到三奶奶更加慘厲的來了一聲尖叫。油燈打他頭頂上摔落下來，徐三便一下子栽出櫥櫃，甚麼知覺也沒了。

這是一段兒騰雲駕霧似的迷亂，人掉進深黑深黑的死谷裡，一些突兀的幻象，一些灼熱和窒悶……一些空白。

徐三甦醒過來時，躺在地上，覺得渾身發硬，心裡很清醒明白，想起起不來。周圍鬧鬨鬨的盡是生面孔，一時認不出是個甚麼地方，也分不清時間有多早多晚，只知道這是白晝。

人們吵嚷著：「醒了，醒了，還醒過來了！」徐三的大腿上不知捱誰狠狠踢上一腳。「混帳東西！混帳透了！」那可不是先前的老爺——那個老不死的肥老頭麼？披著件大斗篷，就那樣，也還是一隻獅鼻凍得通紅。

徐三腿上捱了這一腳，反而像被點到了甚麼穴道，筋骨一下子活絡起來。他這一坐起，發現滿地上盡是印滿了足跡的白石灰，自己身上也是一片白。這才把斷掉不知有多久的記憶連接上。

可是就在他背後的地上，直挺挺斜躺著一個女人。一張臉仰天朝上，沾滿石灰的散亂的髮髻鋪了一地，鋪到他手邊兒。高高的衣領敞開著，那張俊俏的臉孔顯得胖了些。

他這一照眼，又險些兒嚇得昏過去。

「你說，你給我說，你又跟這個鬼丫頭幹了甚麼好事兒？你給我照實招出來！」

老頭子指著躺在地上的女人，揮胳臂跺腳的喝問他。斗篷抖來抖去，地上的石灰一陣陣被揚起來，把徐三給嗆得直咳嗽，不敢喘氣兒。他可還在迷糊著，一時摸不大清楚眼前這究竟怎麼回事兒。

「還用問嗎？」有人插進嘴來說。「還不是夥著一起來偷三奶奶的遺物！也不怕沖了煞氣，圖財不要命的！」

人們一直亂嘈嘈的，議論的議論，出主意的出主意，都在商量要如何如何處置這一對合夥兒行竊的狗男女。

請來給地上躺著的女人下針的道婆子，下了三道針還沒見效，就又添上摑嘴巴，一下下摑著，數說著：

「說句公道話，這個賤丫頭眞眞的忘恩負義罷！三奶奶上好的衣裳由她挑著穿，上好的首飾也由她挑著戴，待她不薄呀，眞還有心肝？救不活也算報應了。」

「可不嗎？世道人心可是一丁點兒也靠不住了。」

「說的是；三奶奶屍骨還沒寒，這就勾來野男人行竊。不怕嚇得三奶奶回不了煞嗎？忍心哪！該捱天罰的。」

婦人家大約都是這樣議論。繩索已經找來，動手把徐三反銬上。地上的女人有點兒抽筋，人中扎下一根兩寸來長的銀針。有人就提議，先別捆徐三，索性等女人還醒過來，把兩個人脫光了捆在一起送進官裡去。

「天老爺有眼，天罰吧！犯了煞，回老家。還指望她活過來呀！」一個婦人，帶著孝，大約是三奶奶娘家的甚麼人。

這地方可正在二道門的過道裡，一旁就是那間小耳房。徐三一站起來，就認出這是在哪兒了。徐三被人架持著，他那頂連著頭套的氈帽也不知丟到哪兒去了。低垂著光腦袋，也不是懊悔甚麼；他還沒把這樁事體搞得清楚，正在從頭到尾想著。

他回過臉去，從一夥兒人頭頂上望了一眼。只見背後靈堂又換過一對新的白蠟燭。火焰淡淡的，失色的跳動著，斷續從那邊傳來婦人嗄啞的哭嚎。

徐三光光的腦袋上盤著辮子，腦袋垂得更低。那辮子脫散了一圈，辮梢便拖在畏縮的肩膀上。繩索把他厚棉襖勒出一道道的深溝，他是被五花大綁的綁上了。

這天氣倒眞冷得夠瞧的。徐三的襠裡冰涼冰涼，好像結了冰碴子。

一九六二・二・浮洲里

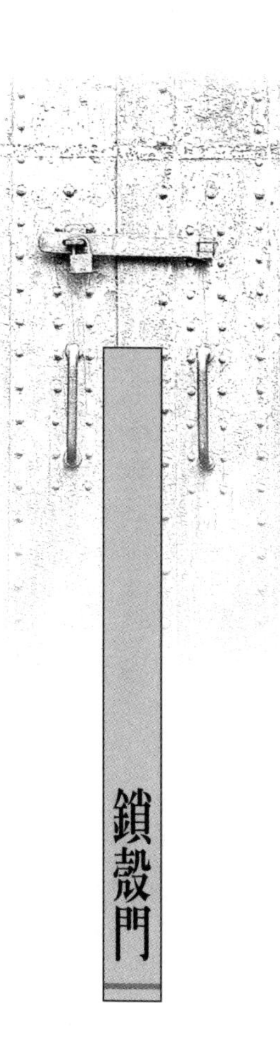

鎖殼門

一眼看不到邊際的黃沙，天連著地，地連著天，寸草不生。覆蓋在這巨大的旱湖上的雲天也顯得異常的低沉。老黃河曾經沖進這片旱湖，打這片土地上掠走了不知多少人畜和莊稼。年代被遺忘了，老黃河留下的黃沙，埋葬了土地和土地上的生命，一切的生機似已放棄再跟災害爭戰，千古萬世自絕的隱入地層的深處。

在殘冬的風季裡，狂風就會不分晝夜的呼嘯，黃渾渾的土霧遮去日月和星辰；天和地就迷失了。湖底沒有路途，風砂追蹤在趕路人的身後，一步緊跟一步掩埋那些孤獨困乏的足跡。人們要能望見那座古老的鎖殼門——那個夾在天和地接縫裡突出的黑點，算是已經走近有人煙的地方，重又回到了人的自己的族類裡。

開始在沙堆裡發現有疏疏落落的白茅，蒺藜穀，有遊動的蜥蜴，大腳螞蟻，漸漸就會聽見孩子們的嬉囂，犬吠，下蛋母雞狂急的尖叫，老柏樹叢的背後便會赫然出現灰暗古老的鎖殼門，這就是旱湖邊緣上的萬家莊。

鎖殼門上落滿瓦灰色的家鴿——似乎是家禽家畜裡唯一沒有給人類破壞掉家室的一個族類。在鎖殼門的廊簷底下，牠們宜室宜家的，一代一代繁殖著兒兒孫孫，一代一代的延續著。

中國式的銅鎖是甚麼形狀，鎖殼門的門樓便是甚麼式樣。萬姓的祖宗留下這個莊子，和莊子四周墾殖出的耕地，似乎都沒有比鎖殼門更能向他們的兒孫顯示出山高水深恆久的恩澤。萬家的兒兒孫孫也正似那些家鴿一樣，靠著鎖殼門的蔭護，世代繁衍。這裡是根，是源，「萬氏宗祠」暗鏽的泥金大字，說明這是這個大家族的祖廟和法庭。

灰沉沉的黑漆大門，長年把另一個隔世的天地關閉在裡面。一對黃銅的豸頭門環，總是陰森森不滿的窺望著甚麼，鼻子裡穿進遠古的奴隸才有的大銅環，彷彿這就是萬氏先遠三代祖宗神明的眼睛，矚視這一個宗族部落，不放心他們都能是賢孝的子孫。

把守在門兩旁的大石鼓，以及夾在五磴高石階兩邊的傾斜的青石坡，都被年代的手掌不斷摩搓，光滑發亮，太陽光停留在上面的時候，就會反射出刺眼的光芒。門前老柏樹的濃蔭，一過晌午，就遮住這些門台。若是暑天，牆上就靠著些鋤頭叉耙，門台上躺滿了從田裡轉來歇午的漢子，光著脊梁，從蓋在臉上的斗笠底下，揚起酣睡的鼾聲。

天氣眞是熱到了頂兒，旱灘上白耀耀的一片熱砂。

永春從湖西成交了一筆糧食，領著一批行裡的夥計冒著盛暑過湖回來。永春騎著一匹麥紅騾子，黑燦燦的長方臉上，汗水調和著塵沙，彷彿患上某一種頑癬。那是一張頑強的臉型。獃滯的眼神，不容易動聲色。

永春一回來，就碰上鎖殼門的大門大敞著，不用說，族人當中又出了甚麼事兒。在他跳上青石台，還不曾轉過影壁的當兒，迎面就碰上大春從裡面衝出來。

兩個人面對面愣一下，大春把肩膀上的汗巾扯下來，甩到另一邊的肩頭，鼻子裡哼了一聲，腳一跺就走出去了。

正堂裡，人們零零落落的散開，他看到他老大背向著外面。人們走動著，又把那個兀立的背影遮住。

永春咬咬臼齒，心裡已經有數。院心的古槐上，知了正鳴得緊，把烈日的火熱從天上紛紛叫落下來。永春抹一把汗，搶在眾人前面，退出了祠堂。

鎖殼門當面，是一座大塘，清灩灩的水面上漂浮著幾隻白鵝。他發現大春並不曾走遠，扠著腰立在岸邊一動不動。

「怎麼回事，二爺？」一個夥計問。

夥計把麥紅騾子的轡繩遞給永春。後者直著眼睛，只管盯住大塘岸邊上那個背影。「丟臉吧！」他接過轡繩，喃喃的說著，仍舊望著那個方向，望著大春的背影。

「四十畝田，值得那樣爭嗎？」

●

轉眼就是秋風蕭索的節季，鎖殼門前飄著鴿子們脫落的羽毛。鴿子換翎，總是秋收大多忙過去了。田野只剩下豆類秧稞，都是矮小的莊稼。太陽辛苦過一個長夏，開始一天天的衰微下去。

二腰子繼承了新田，有事沒事總想在這塊四十畝的土地上轉轉，要不是還有點懷疑祠堂會把這塊田割給他，一定就是不放心誰又會把他這個新產搬了走。地邊上有棵死樹椿，樹幹早已鋸掉，還剩下拴不住牲口的短橛子，泥土裡埋著根網，不絆犁頭，就絆耙齒。這塊田正跟大春是地鄰，二腰子挖著死樹根，手底下一再留神，沒有一鐽敢碰上陜溝地界子。大春不是好惹的呀！二腰子掘著土，心裡一刻也不停的跟自己咕噥著。這塊田，大春十拿九穩要斷給他的，大春是個甚麼樣的人？誰敢惹他？要不是新宅子的長春挺身出來說話，老族長眞就把這四十畝地斷給大春了。

可是大春這口氣能輕易就消了嗎？已經找過了他幾次的麻煩。大春不是好對付的。

二腰子手底下掘著土，跟自己一說一答的嘮叨著。

誰知道他那個無賴又要藉個甚麼名目再鬧一通？眞難說。動不動他就跟人拚命，有誰像他那樣拿命不當命？歇歇吧，歇一會兒。二腰子抹一把汗，挺挺腰骨。

他這一抬頭不打緊，這才發現大春站在坑邊兒上，不知多久了。大概是剛從外面回來，肩上背著褡褳，穿一身出場面的乾淨衣裳。二腰子站在坑底，就聞見衝鼻子的一股酒氣。他仰臉瞧著大春那一雙紅紅的小眼睛，嘴角裡咬著一根剔牙的秫稭篾兒，心裡就有些膽怵。

「剛從集上回來，大春哥？」

「敢情剛回來！」大春歪歪嘴巴。「瞅我不在家下手是吧？」

二腰子帶著闖了禍的難堪，看一眼自己挖掘的土坑，陪著笑臉道：

「你瞧，要不把這棵死樹根挖掉，咱們兩家不說耕地不方便，莊稼也影著不肯長了……」

「住手！你少跟我嚕嗦！」

「這不就快挖出來了嗎？不就剩一點點兒啦？等挖出來，當然我得把它塡平。」

大春不等他說完，一下子跳進土坑裡，一腳踏住二腰子手裡的鐵鍤。

「你少打那個歪主意！想破我田裡風水，你慢著！」

「這倒從哪兒說起，大春哥？好歹一筆寫不出倆萬字兒。我要長那個壞心眼兒，我就……」

「別跟我攀枝攀葉兒的！」

大春肩上沒掛著白大布的汗巾，就把褡褳扯下來，甩到另一邊兒肩上。他發起脾氣來，總有那種摔東摔西的毛病。

「少廢話，你馬上給我填上！」

大春吼嚷著，把二腰子氣得下巴頦兒直打哆嗦。秋陽照在那張扭曲的臉上，白眼珠子淨是血絲織成的細細的網絡。

附近田裡走過來幾個漢子，想調解，插不上嘴，又拿不定先把誰拉開。

「我可告訴你，二腰子！」

大春準備攻擊誰似的，躬著腰，伸長了下巴，齜出凌亂的黑牙齒，像是含著一嘴的黑釉子碎碗碴。唾沫濺到二腰子臉上。

「你不要狗仗人勢！惹上我火兒，我管他誰有錢有勢，一樣兒我要他的命！」

這樣的狠話從大春那一嘴的碎碗碴裡迸出來，不由人不相信，他說到哪兒就做到哪兒。大春也許犯不上欺負二腰子，他恨的是二奶奶的四十畝田，分明拿穩了可以繼承過來，卻被老五房的老大憑空打橫的攔住，給二腰子不費勁兒撿了個便宜。他恨是恨的老五房的老大——長春那個小子。干他甚麼事？要他去翻家譜，找家規！一場好夢砸了，這一口怨氣可憋得大春不管是誰，都想抓過來出口氣。

「我告訴你吧！」手指頭點到二腰子鼻尖上：「別覺乎著你有的攀，有的掛，有的仰仗。惱起我來，管他秧子還是架子，我一齊砍！」

二腰子被逼著，只好一鏟一鏟的往回填土。一旁看的人儘管氣不過，誰也怕惹事，眞正要憑力氣鬥，大春可並不是甚麼三頭六臂。人家怕的是他動不動便拿命來拚，抓著甚麼就是甚麼。二腰子如果再頂他兩句嘴，當眞就能搶過那柄鐵鍁，鬧出一場人命，別人誰犯得上跟他拚？

這棵死樹根，說眞的，只剩下三鏟兩鏟就挖斷了。可是這就得聽他的，眼睜睜的再把挖出來的土堆塡回坑裡去。

大春抹一把嘴巴上的唾沫，似乎多少已經出了點怨氣，跳出坑來，整理一下肩上的褡褳，拉起架式，要走不走的樣子。

「留神！火起我來，我先把架子砍掉，我看秧子往甚麼上頭爬？不想想，大春也是好惹的？」

「算了，少說一句行嗎？一條根兒下來的弟兄。」

人這才插上嘴說合說合。

「一條根兒？我沒閒工夫跟那些有兩個臭錢兒的拉扯。」

「噯，大春哥，說話俐落點兒，別帶鉤子。」

誰也沒留意，背後，不知道甚麼時候永春來到這裡，騎在他那頭麥紅騾子上。

「男子漢，別一嘴的娘們兒腔！誰架著誰？要砍你就砍哪！」永春這個壯小子不動聲色的說著。

大春愣了一會兒，望著騾背上的永春。後者跟他老大不像是一個娘生的，面貌身架兒差得一個南，一個北。騎在牲口上也看出他是個大高個兒。一張長方臉板硬板硬，寬顎骨上淨是年輕人那種密密的紅粉刺，粒粒可數的藏在鬍樁子裡。

「酒喝多了你回去挺著吧！」永春耷拉著眼皮，像個瘟神。站在土坑邊上背著褡褳的這一個，翻起一對白眼珠子看人，嘴角扯動了一下，咬嚼著嘴邊兒的草棒兒。刀刻一樣深的皺紋，將一張青果臉擰絞得那樣枯乾，你說不出他是在笑，還是生氣。「我看，你哥兒倆都有個壞毛病——太多管閒事兒！」

「可不就是說嗎？」永春瘟瘟的在騾背上欠一欠身子。「我跟我娘一直都抱怨我們那位老大，怪他不該多管閒事。今天看這情形，我跟我娘都錯怪我們那位老大了。」

「噢，你想管？」

「有這個意思。」永春說著打算從騾背上下來。急得二腰子迎上去，「我的小三太爺，你別在這兒惹事兒吧，你去吧！」

「我去？我這大紅騾子可不肯去，想看看咱們二腰爺到底在這兒幹麼？沒見過給一棵樹根埋墳堆，稀罕景兒。」

二腰子張著一雙手站在兩人中間，想跟這個求甚麼，又想跟那個講甚麼，惶惶的不知道怎樣才好。最後他決定還是把永春的騾子拉開。可是剛剛挨近去，卻被那頭凶狠的牲口咬了一口，跌坐在地上。

「萬家莊眞沒你這麼窩囊的！」永春到底打牲口上跳下來。「這棵死樹根，我要。五斗大麥換你的，行不行？」

二腰子打地上爬起來，拍打褲子上的泥土，求饒的望著站在那邊土堆上的大春，想討點主意。大春抱著胳膊，一點兒不動聲色，誰也摸不清他打的甚麼主意。

「挖呀，二腰子哥，我要樹根。」

永春把鐵鍁用勁插到二腰子腳前。

人是似乎不能不幫著打點兒圓場，好歹總都是沒出五服的。大家都知道永春跟大春這兩個人碰到一堆兒沒有好事兒。

「三兄弟，你何苦來？」二腰子攔在兩個人中間。「我生的甚麼命，我認了。你又何苦來硬捲進這裡頭?你要是我的好兄弟，就別逼我的命吧！」

大家儘管誰也聽不清誰在說甚麼的叫嚷著，勸解著，都拉不走這兩個寃家對頭。就有人要去找老族長三老爹，再不就去找老五房的長春來把他老三帶去。

碰上這樣提不起來的二腰子，永春眞想撒手不管，似乎可恨的不是大春，倒是這麼個軟弱無能的二腰子，他走前去，從地上拔起鐵鍁，衝著手心裡吐口唾沫，搓搓手道：「你不是不敢嗎？我自己動手挖。」

「好兄弟，你……」

二腰子抓緊鐵鍁柄不肯鬆手。永春不管，奪過來跳進樹坑裡，連連挖起幾鍁土，把鍁頭插進樹根底下，使勁去撬。

「慢著，」大春站到樹坑邊口。「你弄清楚這是誰家的地！」

「萬家的吧？」永春把褲腰帶緊一緊，接著憋紅了臉，用力撬動就要挖斷的樹根。

只見大春把肩上的褡褳往地上一摔。「萬家的！我叫你萬家的！」人跳進坑裡，照準永春腦袋頂，握著一對雙拳磕下去。「我叫你萬家的！萬家的！」一聲「萬家的」，就跟著狠狠的雙拳磕下去。開始還只是衝腦殼擊打，隨後就不分上面下面，不容還手的打得永春只管滿坑裡歪過來，倒過去，又沿著樹坑邊打得一個翻轉又一個翻轉。

眨眨眼的工夫，永春被打成一個泥人，歪在樹根上，鼻孔下面掛著兩行湧湧的鮮血。

這個仗不容易拉開，樹坑又小又深，容不下再來個人跳進去，人就眼睜睜看著一個打，一個捱。末了，大春從樹根下面拔出那把鐵鍁，一翻身跳出來。

「不給點兒顏色，你不知道厲害！」大春喘哮著，一面用袖子抹著臉上汗水。

樹坑裡，永春半晌才撐起身體，搖去腦袋上的泥土，抹一下鼻血，誰也不看一眼，又用滿是血和泥的手去推撼已經動搖的樹根。好像只因橫了心，來去只推撼不幾個來回，樹根便拔起來了。試了試，甩出坑來，一縱身子跳到坑外，閉上眼喘著。

沒有看出他想要怎樣，冷冷的，被抹擦的那張黧黑而又沒有表情的臉上，又是血，又是泥土。他朝著大春走去，手裡提起大樹根，好像還走不穩步子。

「放下，」他衝著大春走去，抽抽鼻子。「把鐵鍁放下。」

人想把他拉住，被他甩起樹根打開了。大春提防的端平手裡鐵鍁，等著他。

「你那樣不是漢子。」永春躬著腰，一步步往前逼，一面搖搖頭，似乎惋惜對手怎麼會這樣不夠漢子。看樣子，大春不會丟掉手裡的傢伙。凶狠狠握在那一雙手裡的鐵鍁桑木柄，長久的使喚過來，已被摩擦得黃澄澄發亮。

「你來吧，不要命你就來吧。」

大春露出那兩排碎碗碴的黑牙，要咬住甚麼不放似的。抽空又吐一口唾沫到掌心裡，以便握緊手裡太光滑的鐵鍁柄。永春就趁這個空兒嚇唬他，揮起手裡的樹根往前竄跳了一下，對手那柄鐵鍁打著弧圈揮過來，拉出呼的一聲，樹根和鐵鍁上的泥沙四處飛撒開來。

「你放心，放下才算你有種，」永春把約莫有二十年斤沉的樹根丟掉，空著兩手往前挪動，逼得大春一面揮起鐵鍁，一面後退。看看背後就是地頭的一排刺槐，不到兩步遠。這兩個人暫時停下來，好像要想想看，是不是就此罷手算了。人都跟過來，覺得這是拉架的時候，要不然兩下裡都下不來台。

大春卻握住鐵鍁柄，握得更緊。人都還在拉扯著，沒有想到永春一縱身衝過去，一下子沒奪到大春手裡的傢伙，卻被揮動的鐵鍁鋒口削傷了，褲筒劃出一條大裂縫，墜到腳面上，立時露出小腿上一綹長長的血痕。只見他咬緊牙齒，再度頂著飛旋的鐵銛衝過去，抓住那枝黃澄澄發亮的木柄，兩個人隨即糾纏到一起，開始你推我抗的角力。

眞正的比力氣，大春就要吃虧了，他不是永春這麼一條小牯牛的對手。人還沒有看清永春怎樣傷到了大春，只見那柄鐵銛在兩個人中間打了一個轉身，大春一下子被摔出去，仰臉跌到那一排密密的刺槐裡，雙手捧著小腹，臉孔立刻白得沒有血色，直瞪著眼睛，痙攣的抽搐著一雙腿，想打刺窩兒裡掙出來。眼看著煞白的臉上一處處冒出被刺槐扎破的血絡，身體扭著夾在淨是針刺的樹叢裡，兩隻腳踏不著地，想掙出來卻用不上勁兒。

永春把手裡鐵銛橫過來看了看，順手丟到一邊，伸手把大春扯出來，摔到地上。田裡是收割不久的高粱根尖尖，大春挺在上面雙手捂著小腹，痛得打滾。

「了不得，」人們呼喊著：「這下子傷到子孫堂啦！」

永春卻平靜無事似的從那邊土堆上拾起那只褡褳，照著大春身上摔過去。然後他拳起腿看看上面的傷痕，血濡了一大片，抓一把乾土擦上去。就跨上他的麥紅騾子，默默往莊子裡馳去，頭也沒回一下，好像根本就不知道有過這回事。

●

爲了給大春養傷，長春湊足一吊現洋，親自用大紅洋標布裹住，背上十爺家去請罪。儘管永春怎樣反對，也拗不過他老大。

長春剛進十爺的院心，沒說兩句話，屋裡摔出一根權充枴杖的推磨棍。沒有打到人，把一只大黃窯子水缸給揍爛了。大春搥著床板罵：

「休想兩個臭錢就勾掉這筆帳！他傷了我子孫堂，絕我的後代，沒說的，咱們一還一報，走著瞧！」

長春給十爺跪下。

「十爺，您老作個主；我兄弟年輕無知，一時失手。路走錯了，折得回頭；事做錯了，你叫他怎麼收得回來？好歹您老收下這個，給大春養傷。要不夠，我想盡辦法也得再湊了來。」

「把人打成這樣，說的也眞容易啊！」

十爺也正惱著新宅子老五房這哥兒倆。貧富之間難免有的那種妒恨，加上二房過繼的事，被這個跪在面前的長春拆散了，現在兒子又讓永春給打傷了挺在鋪上，說怎樣也不能輕易饒過。

「咱們萬家，打太祖太奶奶一塊門板漂到這兒來落戶，前後也有百年了，有過這等事嗎？你說？有過吵嘴磨牙下這宗毒手的沒有？你說！」

「怨只怨我父親去世太早，我沒把兄弟教導成材，到處去惹禍。您老總得多擔待些個。」

「就能了了嗎？」這位做叔父的瞟上一眼那個大紅洋標布的小包裹，估計裡面了不起裹著三兩百塊銀洋，離他想的，少說還該差一半。

「我管不了，讓祠堂來斷。」

「這事又何苦去驚動三老爹，您老打不得，還是罵不得？」

「你進去看看，你看看，我家大春給你兄弟打成甚麼樣子！」

十娘走出走進，拍手打掌的咒怨道：

「這可好了，不是嗎？這就有指望嘍！……我可有個病人好伺候了。哪一輩子我造的孽，到你們萬家來還債。」

這邊，十爺不方便張口開價錢，中間沒人轉圜，一勁兒把事情推給祠堂。心裡又怕萬一祠堂斷不出多少油水，可又划不來，心裡一煩，就衝著十娘罵。十娘只管數落她的，彷彿她老頭罵的是另外哪一個，罵得完全合她的意。

事情沒有說合，後來還是託請八爺出面調停。八爺兩面奔走，私下裡大約也落下百把兩百塊銀洋的好處，總算把事情平息了。

還不到一個月的光景，大春的傷養好了，照樣又到老集的寶局去聚賭。

大春不能一天沒有酒，不能一天摸不著骰子。悶在炕上這一個多月，面色顯得蒼白、浮腫，那股子饞勁就不用說了，聞見餵豬的酒糟飼料，都惹他掉口涎，恨不能抓一把掩進嘴裡嚼嚼。

老集跟萬家莊只隔三里路。老集市面並不大，寶局卻有四五家。牌九、黑槓、開寶，樣樣齊備。寶局後院外帶還有大煙鋪。來的人反正都是那些熟臉，萬家的哥兒們經常就在這兒碰頭碰臉，只不過盡量少在一個檯子上交手。

大春的事，寶局裡沒人不知道。大春頭一天一進來，大家夥兒就起鬨，鬧著非要他請酒不可。

「小子，這下兒可該有賭本兒了吧？」

「哥兒們都不外氣，大家勻點。」

大春卻壓根兒不認這筆帳。「小舅子才沾了他們的臭錢！瞧著吧，遲早跑不出大爺手心兒。」

頭一天，偏生碰上運氣好，老見白花花的銀洋往他跟前摟。一得意，更是沒遮沒攔。六房的榮春也是淨往這些賭窩裡跑的賭鬼，回來學給大夥兒聽。

「大爺霉運倒是乾乾淨淨了，瞧著吧，運氣來了門板也擋不住。瞧瞧，有的錢贏，有的仇報，人生在世不過如此。」

有人跟他打趣：

「人生在世也該到盡頭啦！運氣來得好呀，老婆守了活寡——你這個壞了傳種傢伙的！」

「守活寡？總有個人的老婆等我要她守死寡。」

●

三、八、五、十，都是逢老集，上月是小進，沒三十。上月二十八到這月初三，中間隔上三天避集。初三這天，集上多出兩倍人。人擠人，牲口擠牲口，攤子擠攤子，人搶著吃喝買賣，不用花錢似的。好像避集三天，把大夥兒都憋慌了。

太陽要落西的時候，散集了，賭局裡煙霧酒氣反而愈加熱鬧，甚麼樣的人色都湧進來，爭吵打鬧，可以把屋頂衝走。每張賭檯，裡三層外三層的圍滿了人。在煙霧和昏黃的燭光裡，一個個淌著汗，伸長脖子喳呼：

「天門兩塊……」

「十吊三道！」

吵嚷著，推莊的光穿一件小單褂兒，額頭上還是熱騰騰冒著蒸氣，真不相信這是交冬數九的天氣。別看那麼多的人，真正押家數不上一半，淨是看局的，等誰贏了錢，就順大流兒吃喝一頓兒。

萬家莊也有幾個在這兒。永春轉一圈就走了，好像行裡有位行客把他拖走，談甚麼金針菜的洋票生意。六房的榮春，七房的廣春，都在一個檯子上。倒是大春那個賭鬼今天不在這兒。也許已經來過，正碰見永春在場，又轉到老街北首的寶局子去了。

榮春手運不佳，只見他輸。榮春這人賭錢沒品，一輸毛病就多了；不是疑心推莊的骰子有假，就怪背後看局的壓住他運氣。「天到這早晚了，不多點兩枝蠟燭？這麼個暗法兒，誰也不是夜貓子，不丟頭錢的啊？……」廢話多著，甚麼都瞧不順眼，早就想打退堂鼓，礙著面子找不到藉口。臨了抓到一副雜七配小猴，憋十統賠，這個窮牌不能再推下去。他瞅了七房的廣春一眼，心裡有了主意。

「好啊，大爺今兒運氣眞不壞。」一副骨牌用勁敲著檯子，摔個爛碎才稱心。「碰上小猴兒摟著七奶奶，你說這是怎麼湊合的！」

七奶奶的兒子廣春衝他瞪眼睛，他沒睬，心裡可知道，側過身子裝作看下家的點子，重又念叨著：「唶，小猴摟著七奶奶窮操，多帶勁兒啊！」

廣春算是沉得住氣的，可是也經不住榮春老這樣念叨著，有點冒火了。「嘴裡放乾淨點兒，別輸了兩文就嚼舌頭根。」

「幹麼啦，你那是衝著誰橫鼻子豎眼的？」

廣春吃不住榮春這副臉色，直直腰，捺住性子沒有作聲。

「眞是，人要是倒起楣來，八下兒都碰上毛病，放個屁也打到腳後跟兒了。」酸溜溜的，定意要惹廣春冒火：「我說小猴摟著七奶奶猛操也犯私嗎？這算他娘的哪門子？」

「榮春，你再胡唚，我可對你不客氣了！」

「喝，甚麼價錢？」榮春一下子跳起來。「大爺八輩子沒伺候過誰，單等著看你顏色啦！」

大夥兒才不要看打架，榮春剛跳起來，立刻就有人塡上空子。有人嫌他礙著大家賭興，把他拉著勸著拖到外面。

「有種你出來，二牯牛！」喊著廣春的小名，他把糧食口袋當作勒腰帶往腰裡纏，一面捲袖子捋胳膊。眞正的被拖出門外，不過就做做樣子。

集市上冷冷清清撂棍子打不到人。拉著騾子剛出集口，便忙著趕緊點點腰裡還剩多少。

垂暮，天空還是黯黯的，田野上已經霧氣沉沉，似乎黑夜是打地層底下升上來的。

從老集到萬家莊，都說只有三里路，這三里卻是大里，合上五六里。當初走這條路的人，要不是醉漢，一定就是個瞎子，這條路彎到東，又彎到西，要繞過河堤根，再爬過一座不生樹木的小荒丘。到了莊稼全都收成了，人就從耕地裡踩出一條看起來要直得多的小路，要走到明年春耕。

入冬後，落光葉子的樹林，遠遠看去灰撲撲的似煙又似霧。煙裡霧裡突出鎖殼門的黑影，親親切切的黑影。在榮春眼裡，一個遊蕩成性的子弟會覺得那很使人厭膩。從腰裡解下賣糧食的口袋，圍到脖子上，重又搜出銀元銅子，算算看到底輸掉多少。數錢的工夫，前面響起一聲槍聲，嚇了他一跳，空曠的野地上，嘩啦啦的拖著要多長有多長的回聲。

這槍聲不遠，似乎應該是光禿禿的小荒丘那個方向，難道這麼晚還有誰打兔子？榮春勒住騾子，四處眺望著，滿天都是驚飛的黑老呱，似乎又不是打兔子的土火槍，沒見人，也沒見有狗。不要是短路的吧？聽這些黑老呱專在頭頂上飛旋著叫魂，手運壞，再碰上短路的，那算他今天甚麼都碰上了。

這麼狐疑著，愣一陣，然後又策動騾子往前走，到底還不相信這一帶能有打單的小毛賊。小荒丘上淨是亂墳堆，露出一個黑影，沒仔細看清，一閃就不見了。榮春遲遲疑疑的，想想是不是要往回走，多繞一點路，走那邊那條老路回家。

眨眨眼，那個黑影重又出現，才看清是個牲口腦袋，高高的昂著，遙遙的似乎聽見一陣嘶嘯。

天到這時候，誰家放青的牲口也該攔回家了。榮春嘴裡這麼念叨著，那牲口一掉頭，刨起一陣塵煙，斜打著身子奔向榮春這個方向來。

分明那牲口配著全副轡頭鞍韉，一雙腳鐙分向兩邊摔打著。暮色把甚麼都一律染成灰沉沉的一個色氣。牲口打那個色氣裡跑出來，跑近了，才發現一身光油油麥紅的毛色，頭上有紅紅麻絡，擦得發亮的白銅卡嘴。

榮春迎上前去，知道出了事。這匹騾子出名的壞脾氣，只有永春伏得住。榮春沒敢惹牠，只顧往前奔，正想著許是剛才那聲槍響驚發了野性，失蹄把牠主人摔下了。心裡卻又忽然觸起一個念頭，不由得加鞭往前趕，顛得上氣不接下氣。

亂墳堆枯紅的茅草叢裡，永春正撐著想爬起來，一發覺有人，就不知道哪那麼一股勁兒，就地打一個滾兒，槍口對準過來，急得榮春忙著從牲口上跳下：「是我，我是榮春！」抱緊腦袋仆倒地上。

那匹麥紅騾子伸出一隻前蹄扒著地上的砂石，一面打著響鼻。在初冬寒冷的薄暮裡，人和牲口的嘴裡都噴出一團團乳白的熱氣。

榮春試著從墳堆中間站起來。「老三，我是榮春啦！」他試著喊。在一塊傾倒的墳堆後面，發現永春腦袋重又埋進茅草叢裡，快慢機從手裡掉落到一旁。一隻手緊搗住肩膀，手指椏裡涔涔的往外淌著血，手背上瀝出四道鮮紅的血絡子。

瞧這情形，榮春心裡已經有了數兒，拾起地上的快慢機，跳上牲口就往鎖殼門飛奔。那匹麥紅騾子從後頭趕上來，漫著荒地超到前面去。

一進莊子，榮春就像天塌一樣似的呼叫著。方才來那一聲槍響顯得有些蹺蹊，鎖殼門前三三兩兩的人在守望。

「這還得了！青天大白日的，就謀害人命啦！……」

可是祠堂的背後，走出了老五房的長春，笑瞇瞇的望著正在大喊大叫的榮春。他聽到了槍聲，看到了麥紅騾子落單兒跑回來，還有榮春手裡那枝快慢機，心裡就已明白是怎麼一回事。

「不會的，沒那種事。」長春接過那枝短槍在手裡掂了掂。

「沒那種事；誰要謀害他？還不是槍走火了！」

長春重複著這話。榮春讓他這一說，瞪住他啞口說不出話。

「準是走火了，沒錯兒的。」長春說著的工夫，已經把手裡的短槍拆成三個大件。

天色很快的黑了，大塘像一面鏡子，通的一聲，鏡子打得粉碎。隔著老遠，長春把那三大件連連拋進大塘裡。

「沒甚麼好處——玩這些傷人的傢伙！」

長春派了家裡夥計去抬人，自己回到房裡，雙手捧臉坐到炕邊上發愣。前院後院亂糟糟的吵，不知哪兒來的那麼多人。

「你知道，這個仇不能再結下去了。」他跟站在面前的榮春說：「這樣倒好；你一刀，我一槍，到此爲止，誰也不再欠誰的了。」

「難道你這就算了？」榮春掏出火柴，把罩子燈點上。

「有甚麼可說的？只要大春他明白，我老五房不記這個仇，從今以後大夥還是好兄弟……」

「他那種人，也能跟你這樣想？」

「不要，榮春，你也不要再到外邊講甚麼了。」

長春又把臉孔埋進兩張手掌裡。能看得見他緊緊皺著眉，額頭上的血管，一條條蚯蚓一樣的暴突著。

「明槍易躲，暗箭難防哪！咱們莊子裡誰有過他這種狠毒！」

榮春不平的拍打著桌子，把燈芯震陷下去，剩下豆大的燈焰子。

「你不想想，永春也不能甘心的。」

「他不甘心也得甘心，難道連我的話也不聽？」

長春斷然的從炕邊站起，忙著要走到甚麼地方去，又突然站住。

榮春把燈捻子擰大了一點。只見長春木木的望著黑沉沉的窗櫺，獃滯的眼神裡面透著困倦。他伸過手來放在榮春的肩上，望著榮春，仍是遮不住那一臉溫厚深遠的天生的笑容。

●

看看已是年根歲底。

每年到這個時節，總是不分晝夜的颳著旱風，天也分不清是晴是陰，永遠是黃渾渾的，風砂替代了雨雪，遮天蔽地把這個地方活活封死。

老集上，老五房行裡有一批鹽商，爲了貪做一票生意，把歸期耽誤了。這一誤，適巧遇上風季，阻在集上回不得湖西，鹽商人畜車輛那麼眾多，僅是草料就客棧開銷不出。風季裡，老集上已成死市，捧著白花花的現洋，甚麼也買不到。過去遇上這情形，總是長春把他們接到家裡來。

商隊從老集往萬家莊開拔，冒著睜不開眼的風砂，陣勢見首見不到尾。

安置鹽客們歇宿的兩座碉樓，分別坐落在宅院的西北和東南兩個角上。兩座碉樓經年都空在那兒，牆上掛幾枝生鏽的火槍，葫蘆裡火藥搖著不響，早就受了潮氣，結成硬塊兒。長春原是個好槍手，往年農閒的時候，哥兒倆總是領著夥計擦槍灌藥，湖底去打兔子獐子狼子和野雞。打從舊年長春玩槍走火，把自己的小閨女傷了，這些獵事便都廢掉，像樣子的幾枝快槍全都送了人。長春再也見不得槍枝了，見到槍枝就心底往上湧起傷痛和惱恨。

鹽商可都個個佩著短槍。湖西一帶是出沒大馬賊的所在，這些人走南闖北的到處行商，都帶著一身的江湖氣。這幫人碰上好客出名的長春，眞有義重如山的那種交情。

牲口拖著滿載鹽包的大車，一輛輛拖進老五房的莊院。人夾在中間，傾下腰去扳著大車輪，鞭子往空裡揮著炸著，打著牲口吆喝，壓過車門的青石道。鹽客一張張泥臉在撲撲的沙塵裡，用勁用得歪扭著，皮帽子推到後腦上，腦門直冒著騰騰熱氣。

井口上，轆軸一直不停的絞，飲了牲口又洗了人。莊院裡放滿了車輛、行囊、鞍鐙，鹽包堆到屋簷那樣高。這一來，家裡憑空添上四十多口人，又都是壯漢。另外十多頭牲口，要兩個夥計從早到晚不停的鍘草拌料。

當天夜裡，風勢愈來愈凶，幾十年的大樹也被連根拔了起來。

大約三更天的光景，東南角碉樓上的鹽客從夢裡驚醒。東南角的碉樓靠近莊院大門，只聽見門前大場上人喊馬嘶，加上嘈亂的狗叫，裹在呼號的大風裡，鬧作一片。鹽客一時弄不清是怎麼一回事。不一會兒，莊院裡差不多都被鬧醒了。外面人們喊叫著，槍托搗著門，說是縣城裡的馬隊下鄉馬賊，趕不回城去，要在這兒借一宿。

鹽隊領頭黃二爺，偷偷告訴了長春，聽來門外盡是湖西口音，只怕是冒充馬隊的歹人。

老三永春胳膊上的槍傷還不曾復元，拿出主意來，要弄清楚是不是縣裡的官兵馬隊，那不難，讓他們吹兩聲馬號就行了。

機警的鹽客早就散布開來，莊院的四周牆上盡是鹽隊的人。牲口棚裡的騾子也都喧鬧起來。

請外面吹吹馬號，似乎把那班不明身分的傢伙惹惱了。「要是有種，不怕把你都掃上個地塌土平，就仗著幾桿破槍抗抗看吧！」外面這樣叫喊著，虛張聲勢的拉動槍機。只聽得馬群繞著宅子四周來去奔馳，遠近的狗叫愈發狂吠成一片。

要是依照長春的意思，早就要開門了；他相信自己在外邊從沒得罪過人，與人無仇無怨，沒有誰要作底，勾引馬賊來薄他的面子。

正在拿不定主意的當兒，牆上已經爬進了人。火光閃了閃，院子裡照紅了一下，連連就是兩聲霹靂，拖長著響尾，又被狂風捲斷。接著槍聲四面八方的響起，頂空密密的流竄著鮮紅的火條。

「走，咱們哥倆兒上碉樓吧！」

黃二爺把自己的雙槍分一枝遞給長春。

「用慣了雙槍的，你就留在身邊吧！」

長春從一個夥計手裡接過一枝裝好火藥鐵砂的土槍，端平試試。心裡可像是挨上一槍似的震了一下。

「不怪我說，」這個鹽商頭兒伏在碉樓的槍垛子上，把皮帽子繫繫緊。「防人之心不可無呀，這是句老話。老大，有你騎騾子，就有騎馬的，像你這種門戶，怎麼能缺得槍桿兒！」

長春心裡可正念叨著，衝著小閨女兒那半邊浸在血水裡的臉蛋兒，自己暗裡發過甚麼血誓呀！這會子手裡倒又牢牢的抓住著一桿槍。

火光，槍聲，刺鼻的煙臭味，漆黑的夜裡，人馬嘶喊，盡被翻騰的狂風攪碎了，攪亂了，盡都失去了方向。

槍戰拖延許久，就像這風勢一樣，一陣間歇了沉寂下去，一陣又猛烈起來。圩牆外不時發出致命的慘叫。

「我還是想不出跟誰有甚麼冤仇！」

長春像被栽誣一樣，沒有比這樣的事，更使他感到難過；做人做到這般地步，臉上一點光彩也沒有了。他一槍也不曾打，心裡亂得很，用僵硬的手揉揉凍得酸痛的鼻子，碉樓上的風勢特別顯得猛烈、凜冽。

受傷的馬匹哀嗥著，像甚麼鬼怪精靈在風裡大笑。莊院裡脫韁的騾子亂跑，鐵蹄掌踐踏在結冰的地面上，鏗鏗鏘鏘發出金石擊打的脆響。

時間讓槍戰裂得粉粉碎碎，隨著狂風飄揚四散，不覺得時間有多長，有多短。馬賊始終沒有得手，這四十幾位鹽商硬是把大批的馬賊抵住了。

彷彿快要接近天亮的時候，馬賊吹起了牛角。

「嗚——嘟嘟……嗚——嘟嘟……」

淒厲猙獰的，好似從不知有多遠的遠方隨風傳來。

零零落落的冷槍，夢魘似的，在風裡飄散著那種突發的長號。馬賊似乎估計不出老五房的莊院裡，到底有多強的槍火，馬賊一無所得而又不知損了多少的敗退下去。

眞是一場沒來由的噩夢，人跌落在槍聲頓然停止的靜寂裡，反而恍惚迷離。被尖銳繁密的迸炸震動麻醉了，短時間裡似還不易清醒過來。

狗又恢復了吠叫，夜仍然是黑沉沉的緊壓住荒野。

前院裡忽又人聲吵嚷，到處仍還是跑動的牲口。長春無知覺的一層層下著碉樓，提著那桿土槍，繞進內宅的院子裡。

他自己房裡搖晃著剛剛燃起的燈光，窗櫺紙上映出他女人安燈罩的手背，拉長了兩條黑影。長春駐足一下，沒有進去。前院依然亂得緊，地上淨是被槍彈打散的鹽屑，人彷彿走在雪地上。

大門敞開，風砂一無遮攔的直往莊院裡猛撲進來。過道的牆洞裡亮著油燈。

「三爺追出去了！」

噪亂的人聲裡，長春只聽出這一句。

「就他一個？」

「誰也攔不住，有兩位行裡的客人，也騎上騾子跟著追出去了。」

長春裹緊被狂風捲揚起的袍襟，發一陣子愣。

「把牲口拉來。」

他牢牢夾住那枝土槍，跨上夥計們給他牽來的黑騾。

●

經過宅子背後的棗園，長春勒住騾子，緊了緊搐腰帶。牲口被頂面一股狂風逼著，直往橫裡打著倒退。耳邊只有呼呼的風聲，他摘下耳焐子，頭埋進騾鬃裡面想能減少一些阻力。

在他低下頭的瞬間，一聲慘叫似在不遠處傳來。長春咬緊牙齒，止不住格格的打顫。牙齒裡沙礫礫的，好像含著一嘴泥沙。

遍地盡是摧折的樹枝，向著一個方向翻滾，一團接著一團。慘叫聲起伏不定，依稀是老墳那個位置。騾子橫著軀體往前扒動，一雙手幾乎要凍在槍筒上。

就在老墳東北角的那棵大楊樹底下，長春翻身跳下牲口。似已微有曙色的朦朧裡，他繞著楊樹遍地尋視。心想著，一個受重傷被撇下的馬賊，就會赫然出現，挺在冰冷的野地上，欠動著，痙攣著，泣號哀絕……忽然他被一聲尖叫驚住。合抱的楊樹幹上靠著一個黑影。

「誰？那是誰？走過來！」

長春往後退，不自主的把槍端平。

靠立在樹幹上的黑影一動不動，只有一角袍襟不停的飄抖，一陣大風猛撲過來，長春簡直站不穩。

長春這才發現，這個黑影原來綁在樹上，他急忙跳上前去，黑影的臉旁插一把明晃晃的短刀。那張不易辨識的臉上，發出星星燦燦的光亮，彷彿潑上一臉的水。身軀失去機能的歪扭向一邊，一動不動。

他去拔那柄短刀，順手把土槍靠到樹上一個窪窪裡，刀插進樹幹很深，扳動一下，立刻使這人尖叫起來，原來刀子把這人的一隻耳朵釘在樹上。這是很容易使人明白的，馬賊從湖西冒著風砂乘夜過來，卻完全失風，於是把這個作底的，綁在樹上凌割了。

長春認不出這是誰，臉龐中央兩個大黑洞，鼻子似乎被割去，另一隻耳朵也已失掉。臉上流著血水，晶瑩的閃亮著。他不禁周身一麻，接著又去扯動這柄短刀，滋滋咂咂發出黏膩撕裂的聲音，聽來好似牽動到肺腑深處。

這人痛得從昏迷裡清醒過來，窩心般的尖聲號叫。這一聲對他似很熟悉。

「大春，你怎麼做出這種事？」

他愣上一愣，連忙將剛剛拔下的利刀，去割那些繩索。溫熱的血液還不時滴下，落到長春的手背兒上。

大春的袍子前襟提上去，掖在搯腰帶裡。那上面，以及那些被割斷在風裡飛舞的麻繩，盡都凝固著血凍。

「站得住嗎？」他問，繼續摸索那些捆綁住大春上肢的繩扣，一一割斷之後，一手扶住那個搖晃的軀體，取過一旁的火槍，像伺候一個瞎子似的遞到大春手裡。

「先拄著，忍一會兒。」長春又連忙蹲下，割那些綁在小腿上的繩子。

大春咬牙切齒的哼著，罵著，不知他罵的是誰，搖搖晃晃的拄著那桿土槍，他俯視著蹲在自己腳前的長春。

清晨暗暗的展現了，滾滾黃沙經過一夜翻騰，毫無倦意的仍然狂颳不停。倚在大春背後的樹幹，足足一個人抱不過來，一樣的也被搖動著款款擺盪。長春的皮袍角在風裡颳翻過來，雪白的羊毛染上了從大春臉上滴下的鮮血。

不知是甚麼忽把大春激怒，一雙悲慘的眼睛直直的瞪住蹲伏在他面前的長春。他雙手提起土槍，盡他所能的提得高高的，高高的，對準長春載著皮帽子的後腦上，狠狠直搗下去，自己也隨著摔倒。

受了這一下沉重的擊打，長春的身體慢吞吞的拱起，然後一下子倒下。

冬季天明總是遲遲的、遲遲的來。寒風裡沉睡的土地被愁慘的黃霧覆蓋著，蕭瑟不醒。

大春跪倒在地上，拾起那柄跌落在長春手邊的刀子，雙手劇烈的顫抖不止。他搖擺著就要昏過去，把那尖刀送到自己胸前，一雙眼珠子好像瞪出了眶子。他聽得清清楚楚自己的牙骨慄慄的打抖。模糊的一張血臉蒙上一層泥沙，現出深紫的窖洞，眼淚汩汩的流下。一切壞到這樣的地步，這個太壞待他的世間似在逼著他，不再讓他逗留。他望著仆倒在面前的長春，翻上去的皮袍後襟，白色的羊毛被他的血染上一遍又一遍，像是一隻被狼咬傷的綿羊。

在一個永世不可挽回的轉念間，一個悲運開始，他把刀尖按進長春的脊背，直按到刀柄的護手擋住，再也按不下去。

大春已經喘作一團，一點也動不得了。

被殺害的長春從昏迷中被刺醒，臃腫的身軀在刀下盲目的抵抗，拱起來，終被大春壓下去，大春這才鬆開手。滾到一旁。從他哮喘和呻吟的血嘴裡，從割去鼻子的黑孔裡，噴出一縷一縷乳白的氣體。

長春一雙手痙攣的，深深的，抓進泥土裡去。一雙被飛砂迷住的眼神似乎鬆散了，沖著瞌睡似的緩緩張望著四周，那副天生的笑容依舊停留在他痛苦的臉上。他迷惘的望著大春，下巴抖動著：「你……太……太過分了！」

大春仍在喘哮，坐著往後退，咬緊他那滿嘴的碎碗碴，手指著長春：

「不是你，我落得這樣慘？——不是你！」凝固著黑血的嘴唇，長長的下垂。一隻血手狠狠的掩住那割去鼻子的創口。他眈視著長春，眼看著長春的臉孔重又埋進泥土裡，抓緊的手指慢慢鬆開，似乎甚麼他都不要了。皮袍的後襟仍在無知的拍打著。

飛砂又一陣蜂擁襲來，打在身上，刷啦啦，刷啦啦……一波一波，努力想把甚麼掩埋下去。

大春跪著爬過來，他的凌亂不齊的牙齒染紅了。他撿起長春連著耳焐子的皮帽和那桿掉了火信的火槍。在睜不開眼的風砂裡，踉蹌的影子，一步一拐的走去，走向長春撇下的那頭黑騾子那裡。

老楊樹在風裡嗚咽，不知他是哀哭那死去的，還是哀哭這活著的。

笑容不曾離開長春，笑容陪伴他葬到地下。抬到家以後，他曾清醒了一陣，定定的望著永春，沒有再說甚麼。在他擦洗去泥沙的面孔上，彷彿知足的跟這個陽世訣別了。他臨終嚥下最後一口氣的瞬間，口裡湧出一點點淡紅色的血水。

「馬賊……殺……殺了我……」

眼睛定定的盯住永春。他費盡很大的氣力，仍沒說完他要說的。

時光就在一年又一年殘冬的風季裡流轉而去。

風季來時，這一年的曆書就翻完了。旱湖裡飛沙走石，風在屋頂上日夜的呼嘯。炕上老祖母的故事裡就會念起那一年的風季，那一年臘月將盡的時節，那樣酷寒死黑的夜裡，歹人們的牛角嗚嘟嘟的吹呀，不是賤年也不是凶歲，沒有出過南虹和北虹，萬家莊走的是刀兵運，那頂髒帽子誰都認得出是大春的，大春就沒再回來。

老楊樹還在，風裡雨裡熬過一年又一年。打那年起，兵亂，瘟疫，老黃河又發了一場大水，在劫在數呀！

出外十九年的大春漂流回來了。沒有誰還認得出，人都說他早該死在外邊了。

家早沒了。大水那年，他十爺趕去湖邊發橫財，打撈到一張八仙桌，再下去，就被水頭沖走，屍骨無存。他女人孩子連同老母親都死在瘟疫裡。流沙也把田地掩埋了。只剩下一個大小子沒人收養，宿在鎖殼門裡看祠堂。那一年鎖殼門的家鴿飛走了，大水涸下去，才又飛回頭。

沒有人知道從哪兒流落來的這個瘋老頭，滿身的膿疥，拖一枝打狗棍。灰巴巴好像麻胚一樣的鬍子和頭髮，不知有多少年月不曾剃過，披散著糾成一團團的氈餅子，把一張臉遮去大半，露出邪氣的小眼睛，有一隻蒙著一層白翳子，眼水不斷的從那裡流下。一行淚溝，通到被割去鼻子的洞孔裡。那樣深黑的洞孔，不知何年何月流得滿。

這個瘋老頭流落了來，就住在鎖殼門的廊簷底下。嘴裡終日不停的跟自己說這說那，說到興起處，就會一陣子跺腳搥胸的撕扯他那滿頭的氈餅子。誰也聽不懂他跟自己辦甚麼交涉。便溺起來從不擇地方，只見每天被住在祠堂裡的那個大小子擎著苕帚，家前屋後攆著罵，攆著打。

歪在門廊底下歇午的漢子就會笑著說情了：「嘐，瘋老頭，唱個小唱兒！唱個小唱兒就不揍你了。」

躲在毛髮底下的那隻邪氣的小眼睛，狡獪的盯著擎起的掃帚，然後總是荒腔走板的那兩句：「悔不該哎……圖財害命……把那天良喪，現世作孽哎……哎……現世報……咚嗆一個咚嗆……不等陰地府走那麼一遭哎……咚嗆一個咚嗆……」

瘋老頭餓的時候，就端著一只葫蘆瓢，跟莊子裡討點剩粥喝喝。他不跟誰開腔，只打著手勢跟自己說東道西。落雪的天氣只有一張挺硬的狗皮披在背上。風季過去時，人想起老瘋子，整個風季不知他躲到甚麼地方去，餓不死也該凍斃了。風一住，老瘋子又端著葫蘆瓢，後面跟著一夥兒孩子。

叫他唱個小唱兒吧，還是那兩句：「悔不該哎……圖財害命……把那天良喪……咚嗆一個咚嗆……」

「算他是隻蝦蟆精吧，風季裡他吃下靈芝草，地底下入蟄了。」人都這麼說。新年裡，孩子用點著的爆竹，衝著瘋老頭身上丟。爆竹炸了，瘋老頭跌到地上。

「天兵天將呀，」瘋老頭望著孩子：「他家哪來那許多的快槍呀。」

孩子再把一顆爆竹放在瘋老頭背後的狗皮底下，等著看爆竹炸響時，會不會把沒毛的狗皮頂得跳起來。

●

無邊無際的黃沙，天氣眞的熱到頂兒，沙灘上白耀耀刺眼奪目的一片灼熱。騎在麥紅騾子背上的那人，踽踽的向著鎖殼門行去。看上去要多孤單，有多孤單。

這是永春第七回出去尋仇，這一次出去最久，前後快一年了。

還是那頭騾子，槍不是當年的槍，衣裝不是當年的衣裝，萬家莊也不是當年的萬家莊了。遙遙的望見鎖殼門，家鄉的泥土愈近，近鄉情更怯，老三的心情愈沉重。腳跟不住的磕著騾子，緊趕慢趕總不能一步踏進家門，又害怕要看到家人。那一堆墳土上長著白茅草，松柏不知更有多老，快二十年了，仇在哪裡？空著一雙手回來，尋仇尋老了萬永春，仇還是那樣的新呀！

二十年裡，不少親友幫他打探，湖西的行商、鹽客，也曾不斷有信息給他。傳說是他們萬家莊有個作底的，勾上五毛臉那股馬賊，扒他本族兄弟的灰，擔保莊院裡只有四五枝破槍。五毛臉親身出馬，由那個作底的領著，指明了門戶。誰知一頂上火，估不透莊院裡到底有多硬的槍火，連連倒掉八九個，馬匹丟了五頭，恨得五毛臉綁住那個作底的，凌割了鼻子耳朵。要不是裡面的快槍手追出來，就要來一手活剝兔子，賺張人皮帶走了。

這一本老帳裡的人物，沒有叫明誰的名和姓，作底的是哪一個，誰也猜得出。可到底是誰殺掉萬長春，要是由官家來審理，就該算是無頭案。只有永春心裡有數兒，老大臨終時，定定的望著他，說得明明白白是死在馬賊手裡。馬賊深怕結下生死大仇，瞞得緊緊的。五毛臉死有十年了，他那票馬賊早就拆了夥兒，想打聽出究竟是哪一個下的手，費去他二十年，七趟飄泊，走遍湖西方圓二百里，鎖殼門如今又豎在眼前，空空的一雙手，怎樣去給老大上墳？眞眞的說起來，老大該是完在他手裡；他傷了大春的子孫堂，才惹出這一筆冤債。不是他逞強，抓過鹽客的一條小馬槍，跨上麥紅騍子去追馬賊，他老大那樣小心謹愼的人也萬不會單槍匹馬緊跟著追出來。老大一死，他才懂得自己連老大一半也不如。家裡遭到那場變故，好似房子倒掉半邊牆。老大在世的時候，只見他笑瞇瞇走裡走外，不說不道的，門戶就是那樣頂住了。家裡乍乍的少掉老大，到處都覺著有他那個人，到處又見不到他那個人。二十年裡，他甚麼也不管，把農事交給大夥計，把老集上的生意交給管帳的，只想著尋仇，一匹麥紅騍子伴著他，走南到北，一晃就是十年，再晃又快一個十年。

他追著一根線索，大春留下在他老大身邊的那頂帽子。老大被殺害時，大春必定在場。找著大春，就找得著凶手。

這是第七趟回來，快二十個年頭了。尋不到仇人，還有八回，九回，還有另外十個年頭等著他，只要活著，就不皺皺眉。

鎖殼門還是鎖殼門，連同門樓上飛著走著的鴿子，門前的老柏樹，門底下的花石鼓，青石台，都是一個整的，沒有變甚麼樣子。多少年的災荒裡，是甚麼把鎖殼門收藏起來了，卻沒有人把莊稼收藏起來。

天已過了晌午，老柏樹的蔭涼裡空落落的，鴿子走來走去，不爲找食物，也不爲著走向哪裡去，總愛那樣匆匆忙忙的走著圈子。

樹蔭的沙地上，不知是誰在那兒，蜷曲著像條狗。枯瘦的光脊梁上沾著泥沙。蠅子一窩又一窩叮吮著腿上的那些膿疥。

永春盤著騾子繞過老柏樹。那邊大塘四周的楊柳樹上，知了該有成千成百隻，孩子擎起長長的高粱稈兒，尖上挑著麵精黏知了，孩子和知了叫嚷成一片。大塘裡映出另一面天，豔藍豔藍的，把柳條也染藍了。

鎖殼門嚴嚴的關閉著，好像有一百年都不曾打開。永春仰臉望著沉暗的塗金字，望著瓦椽裡鴿子窩懸下來的細草。望著這些，心裡不由得又癡癡的想，那一年也正是趕著這種熱天，正是他從湖西經營回來，爲二腰子過繼的事，祠堂裡擠滿了族人。要追究起老大凶死的事，也許該從那個時候算起吧！

深深吁一口氣，手底下輕輕帶過皮韁子。他這一回身，不由打一個冷戰。剛才地上蜷著的那個，正坐起來，坐在那裡斜吊眼睛瞅著他。他眞不以爲竟然這還能是一個人，這不是一具殭屍麼？披頭散髮，倒叉著眼盯住他。從騾背上看下去，就是一堆桑樹根，金黃的根皮，根椏裡夾著泥土塊。背後撐在地上的一雙皮包著骨頭的胳膊，哪裡還是人身上長出的肢體？這是哪一房的老人？永春策著騾子湊近去，想認個清楚。忽然這老人好像繩勒著脖子的叫著，聽不清叫的甚麼，咧出一嘴碎碗碴似的牙，恐懼的仰著身子往後倒退著，黏涎掛在鬍子上。

永春好似發現到了甚麼，恍恍惚惚的，一時又接連不上似斷似連的記憶。眼看著這又瘋又醜的瘦老頭，對他這樣惶懼，反使他不解的蹉跎不前了。那一對瘦得膪下膨大骨節的膝頭，緊緊夾住，不住的往後挪動。永春眼睛愈瞪愈大了，瞪得眼珠子發酸。

瘦老頭被柏樹根攔住退路，就想扒住樹幹爬起來逃跑。一面大叫著：「長春！饒命！饒命！」一下一下拱著手，直直的跪在地上。

「起來！」永春並不知道自己說的甚麼，一隻手撫摸著面頰，疑心自己怎麼和他老大這樣相像，被看成一個人。

「饒命！長春！」老頭對他拱手不及，又磕著頭。被割掉鼻子的窨洞裡，鮮紅的肉腔一閉一合的喘呼，腦袋生瘋似的猛搖，不停的猛搖，斜著臉看他。

手按在腰裡的皮槍套子上，用過了頭的力氣摳開那顆銅扣子。永春覺出自己身上好像發起寒熱，臉色變得鐵青，咬緊戰慄不止的嘴唇，不自知覺的一點點從鞍子上滑落下來。

猛的他醒過來，淒慘的笑笑。罩在麥稭草帽底下的他那張臉，生來就難得有過爽朗的笑容，二十年來愈發沉落在幽暗的怒氣裡，眼前他笑了，傷痛而又譏誚的笑了，低垂著嘴角，雙肩發著抖。他的背後襯著晴朗的藍天，鎖殼門高聳的龍昂上走著鴿子，來去來去走得那樣急切、煩躁。陽光照在灰色的翎羽上，一個光熠又一個光熠，駝著閃閃耀耀的藍星星。

永春順手把韁繩丟到騾脊梁上，一步步走近去。他扠著腰，對襟麻布小褂摟在後頭，露出肥厚的胸脯，心窩裡可以數得出有幾顆汗珠子。

這瘋子顫巍巍的扶著樹幹站起，仍不住的猛搖腦袋，斜瞄著永春胸口。那隻被割去的耳朵，正對著永春。

「你……你沒有捱……殺死？長春？」

藏在亂鬍裡的嘴巴咧了咧，眼底現出一絲兒笑紋，盯緊了看著永春胸口，看看永春板硬的臉膛子。

一隻手像腐朽的樹根一樣，伸上來，戰戰索索的摸弄著永春胸脯，臉也幾乎要湊到上面。只聽他嗚嗚咽咽的念著甚麼，彷彿又是一種快樂的呻吟。「長春……啊，這就好……長春呀……」這樣的嗚咽著，隨又轉到永春的背後，戰戰索索的掀起麻布小褂的後襟，用那粗糙刺人的手，摸弄永春的光背。

「嗡嗡……長春……老天爺搪住啦……嗡嗡……老天爺……」黏著痰涎的喉嚨管裡，衝出這樣斷啞的嗚咽，像是甚麼古墓底下的魂靈在那裡訴說一樁沉冤千載的舊案，低沉得不似陽世裡聽得到的聲息。

永春一臉的死灰，狠狠咬嚼著嘴唇，眼神空空虛虛不知凝視著一個甚麼所在。二十年的冤仇，一旦大白，他得先讓自己調理一番，再讓自己相信，然後再看怎麼樣來對付這個仇人。

他從肩頭上顧盼著背後這個瘋子，逐漸認清這一張二十年前的熟臉。這張臉經過那樣大的破壞之後，還能剩餘下的好像不多。也許只有永春還能辨出那些經過仇人的眼睛放大的細微的痕跡。他陡然轉過身來，扼住瘋子的咽喉：

「說！哪一個？」

他這樣搖晃著瘋老頭，就像搖晃二腰子挖了一半的那棵樹根一樣。

「哪一個？說！哪一個殺了長春爺？」

「我……嗡嗡……我……」

這個醜得可怕的老頭猙獰的笑著──他不是要這樣的笑，那張破爛的臉孔使他成了那樣。

「是大春殺的長春？」

「你知道……嗡……嗯……」這瘋老頭快樂的笑得那樣慘烈。好像被他這樣狠勁的搖晃，是樁樂事。「嗡……長春呀，你知道，我……是我……」

永春掉轉身去，縱上了他的麥紅騍子，拔出槍來，喀嚓一聲撥開保險，槍口慢慢的舉上去，停在空裡。

從那兒往下劃一道弧線，彈丸就會應聲射出，穿進地上這個瘋老頭的腦殼，胸口，或者更殘酷的打在不是致命的去處，腿或者膀臂。他可以隨意扣下扳機，隨意叫這個仇人死，活，或者打他一個滿身的蜂窩。

卻在這時，耳邊有他老大臨終時的遺言：

「馬賊……殺了我……」

不單是近乎耳鳴的遺音，當年兄長那失神的眼睛也在定定望著自己。

恍惚之間，他明白了長春遺留下的願望，正像他受了那次槍傷之後，長春一次又一次的叮嚀他：「這個仇不能再結下去……」二十年來，對於臨終留下的那個囑託，他始終認定是要爲他報仇。他不曾懷疑那個遺言，一如不曾忘掉那個遺言。二十年後的今天，才領悟到長春臨終時的苦心。

他把腮頰咬得發白，心裡一酸，不覺間眼淚落下來，爲這筆血仇，二十年來日日夜夜不能安枕；到頭來可並沒懂得老大彌留前那一點心意。

含淚的眼睛，望著地上那個模糊的人影。已經流落成這副形容的大春，似已扣不響他的槍，手脖兒軟了，槍從他手裡掉落到地上。

天空晴朗朗的，一兩朵雲絮靜靜貼在上面。塘邊柳樹上的知了困倦的鳴叫著。熱熬熬的天氣，熱熬熬的下午，太陽照在祠堂那兩扇好像封閉了幾百年的大門上。大門緩緩的打開，鈍重得像是滾動一架大石碾。

門裡一個小夥子，低著頭，正往頭上戴著斗笠往外走。兩人對望著，都想招呼甚麼。小夥子呼一口氣，制不住的笑容綻開了。「永叔，你這剛回來？」

永春不知自己還會不會笑，眼淚還掛在鼻翅上。臉像被冬天冷風吹過那樣乾巴巴的發板。

小夥子站到高石台邊口，跟他騎著騾子差不多高。

「永叔，你這一趟……有兩年了吧？」

「沒有吧！」

這是下一代了，仇恨似乎是遙遠遙遠的，卻有一種會心的難堪不便明說。

「有個影兒沒有，永叔？」

這話問得永春覺著有點兒被譏誚，不由瞟一眼旁邊的那個瘋老頭。

「老瘋子，你還不滾遠點兒！留神騾子踢爛了你那把老骨頭。」這小夥子跺著腳把瘋老頭嚇唬走。存心要施點兒威風似的。

「你那是對誰？」小夥子這樣粗暴，很使永春吃驚。

「誰？誰知道哪兒來的個老瘋子！快上一年了，打著罵著攆不走。」

「沒誰認識他？」

「誰認識他？」小夥子那神情，好像若有誰認識那個老瘋子，誰也就該發瘋了。

永春勒著騾子往後退了退，隨即一抖韁，打著騾子跑開了。

「永叔！永叔！」小夥子發現地上遺下一枝短槍，忙著拾起，跟在後面喊，永春已經轉過那邊的前宅子。小夥子看看手裡的槍，驚詫的四顧著，然後又往前追去。

柳樹上的知了細聲細調的扯著旦腔，只怕要唱到天長地久了。逮知了的孩子，一個一個精光光的跳進大塘裡，喊叫和嘻笑，還有的哭鬧著。大塘裡砰通砰通的水花四濺，水裡另一面嬌藍的天空，倒映的柳樹，都被擊打粉碎。夏天還長得很，宛似塘裡的水，看不到底兒。

轉眼又十年；再轉眼又是十年，人生沒有幾個十年。始終被永春隱瞞著，沒有人知道那個宿在鎖殼門廊簷下受苦受罪受戲弄的瘋老頭到底是誰。

「天罰吧！」永春常時不由自主的嘴裡這樣的念叨，望著藍天和白雲。他念叨著這個的時候，心裡可一直是沉甸甸的，總好似失落了甚麼，沒有寬慰和樂趣。悶在心裡的固執一天比一天更老了，更堅硬了。在風季來臨的時候，在大雪紛飛的嚴冬裡，他的心裡就憤恨的狂呼著：「老天！颳吧！下吧！只要不讓他死掉！」想著蜷像一條癩狗臥在鎖殼門廊簷底下冷得發抖的瘋大春，他就要親眼看著他怎麼樣的在受苦受罪。只他一直不曾再去看過他。

每年風雪過去，瘋老頭照樣又出現在戲弄他的人面前。不再是祠堂的那個小夥子擎著苕帚攆著打他；小夥子已在祠堂裡生兒養女。他那些兒女接替了他那柄掃帚。

瘋老頭最後病倒了，沒有人管，不吃不喝，挺在又冷又硬的青石地上。不知誰個發了慈悲，給架起幾捆蘆柴，多少搪住一點兒風雨。

當上族長的萬永春，已經頂著一頭斑白的頭髮，長鬍子拖過馬褂襟兒。麥紅騾子陪伴他大半生已經老瞎了眼睛。如今離不開一根黃楊木的龍頭枴杖，走到哪兒拖到哪兒。

當年看祠堂的小夥子，跑來跟族長請示怎樣處置老瘋子。

「眼看就賸一口氣啦，死在咱們祠堂裡怎麼成？」

永春拖著枴杖，進去戴風帽。「我去看看，去看看。」他眞該去看看了，錯過這一次，也許永世再也看不到他這個仇人是怎麼樣活在那兒受天罰。

鎖殼門的廊簷底下，幾捆蘆葦斜靠在牆上，下面露出一雙光赤赤的泥腳，上面淨是裂縫。這是被天和地，和人們遺忘的一個角落，不像還有甚麼生氣留存在裡頭。蘆花在風裡飛揚四散，飄著，飄著，把覆在下面那一絲殘留的生命帶去了。也曾是一條生龍活虎的漢子，一生裡抓打啃咬，總想多給自己爭得點兒甚麼。想要的不多，得到的很少，這樣就是一生了。這一雙腳正正經經的下過田，也跑過賭局，橫穿過旱湖，勾來馬賊淩遲了自己。然後流落在外走東走西，這雙腳又擱在這兒。還要走嗎？還能再走嗎？

永春把靠近腦袋這邊的一捆蘆草掀開。白花花的一團毛髮，遮不住臉上那三個惡黑的洞穴。不膾幾顆牙齒的癟嘴痛楚的扯在一邊，固定的一動不動。永春湊近去，自己的影子把這個角落遮得愈發灰暗了。

「大春哥……大春哥……」

望著僵硬的殘缺不全的臉。永春低聲喊著，彷彿不能再禁止自己不憐憫。他伸手去試試鼻息，手觸到冰涼的面孔，不由打一個寒顫，隨即蓋上那捆蘆葦，好像那是他的惡跡，怕人發現到，趕緊掩藏起來。

「永叔，你老在叫他誰？」背後看守祠堂的那個問道。

永春一臉的僵白，回身望著大春僅有的這個兒子。高石台下面站著不少族人，都在驚詫的看著他。

「給他口棺材！」這位族長拍拍沾在袍袖上的蘆花。「我那兒有現成的木料。」

「把他葬到咱們老陵裡。」他說。

「永叔，他……？」

永春搖搖手，匆匆走下高石台。在他穿過族人面前的時候，愧疚好似一副磨盤壓在背上，傴僂著躑躅走開，把全身的重量支在黃楊木的枴杖上。鎖殼門前的沙地留下一個一個深深的小窩兒。

誰也不能相信，瘋老頭又從這樣沉重的一場大病裡闖過來，不知為甚麼，上天執著的要他活下去。

大家獲知這個瘋老頭竟是老十房的大春以後，祠堂裡頓然不似往昔的那樣冷落。瘋大春被安置在祠堂裡面，有了親骨肉，親族人，族長不時供養著飯菜，補養他那衰朽的身體。儘管他得到了這些，他都不知道了，對他沒有多大意思了。可他拗著勁兒的活下去，這是眞的。

經過這一場重病，瘋大春的背更駝了；又多出新的毛病，終日終夜的喘哮。一陣子咳嗽上來，渾身戰慄的痙攣著，抽筋似的，白髮飄亂的腦袋就會鉤到襠下，縮作一團兒。

跟他同一代的老婦人都在說：

「還回來幹麼呀，活現世的！」

「可就不肯死呀！凍，凍不死，餓，也餓不死，罪受不完，就死不了。」

孩子可不管那許多，老遠用石頭子兒去丟他。

「老瘋子，唱個小唱兒吧，唱就不揍你。」

孩子該是他的族曾孫、族玄孫輩兒。他已經唱不出，只用喘哮和咳嗽代替那兩句荒腔走板的小調。

孩子鬧人的時候，做娘的就用老瘋子來嚇唬：

「哭吧，老瘋子聽見了把你抱了走！」

大春好似就只爲這些而活著，依然是不住嘴的說東說西，誰也聽不清他跟自己辦不完的交涉。六十也有了，七十也有了；人說他還能活到八十歲，九十歲。總還要活下去，受苦受罪下去。

老祖母的故事都是那樣遙遠，唯有這是例外。老祖母的故事裡總是善有善果，惡有惡報；惡人暴死，好人享福。唯有這個也是個例外。

老祖母就告訴孫兒們說：「好人不長壽，惡人活萬年。」

孩子瞪大了眼睛，這不對呀！

然而每年年底，風季照樣的來了；在那些時日裡，老祖母又將搬出這樣的故事，小一代的十分相信那一些，因爲鎖殼門那裡，就有那個可供他們丟石頭的老瘋子。夢裡時常會有他，嚇醒了，望著深黑的夜，狂風從屋頂上呼號而過。掛兜兒裡偷偷裝進石頭子兒，安慰的重又睡去，打著輕輕的、甜甜的小呼嚕，夢見瘋老頭被他們打死了。

一九六一・五・三〇・桃園

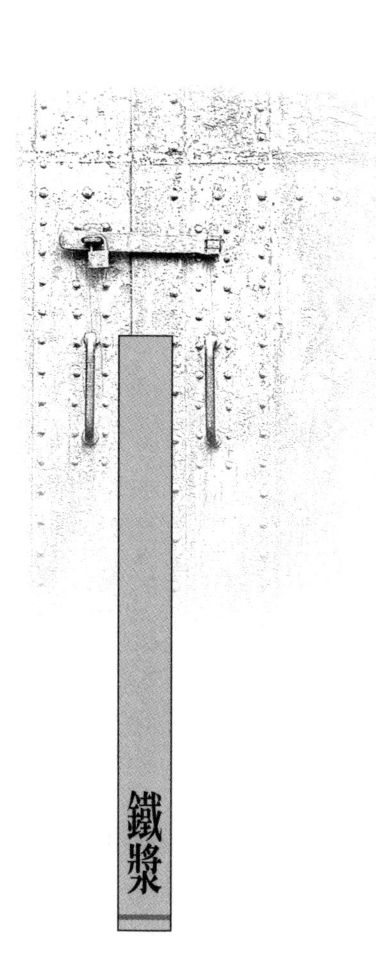

鐵漿

人臉上都映著雪光，這場少見的大雪足足飛落了兩夜零一天。打前一天過午起，三點二十分的那班慢車就因雪阻沒有開過來。

住雪了，天還沒有放晴，小鎮的街道被封死。店門打開，門外的雪牆有一人高，總算雪牆之上還能看到白冷冷的天，沒有把人悶死在裡頭。人跟鄰居打招呼，聽見聲音，看不見人，可是都很高興，覺得老天爺跟人開了一個大玩笑，溫溫和和的大玩笑，挺新鮮有意思。

所以孟憲貴那個鴉片煙鬼子死在東嶽廟裡，直到這天過了晌午才被發現，不知甚麼時候就斷氣了。

這個死信很快傳開來，小鎮的街道中間，從深雪裡開出一條窄路，人們就像走在地道裡，兩邊的雪牆高過頭頂，多少年都沒有過這樣的大雪。人人見面之下，似乎老想拱拱手，道一聲喜。雪壕裡傳報著孟憲貴的死信，熱痰吐在雪壁上，就打穿一個淡綠淡綠的小洞。深深的嘆口氣吧，對於死者總該表示一點厚道，心裡卻都覺著這跟這場大雪差不多一樣的新鮮。

火車停開了，灰煙和鐵輪的響聲不再擾亂這個小鎮，忽然這又回到二十年前的那樣安靜。幾條狗圍坐在屍體四周，耐心的不知道等上多久了。人們趕來以後，這幾條狗遠遠的坐開，還不甘心就走掉。屍首蜷曲在一堆凌亂的麥穰底下，好像死時有些害羞；要躲藏也不曾躲藏好，露出一條光腿留在外邊。麥穰清除完了，站上的鐵路工人平時很少來到東嶽廟，也趕來幫忙給死者安排後事。

僵硬的軀體扳不直，就那樣蜷曲著，被翻過來，懶惰的由著人扯他，抬他，帶著故意裝睡的神情，取笑誰似的。人睡熟的時候也會那樣半張著口，半闔著眼睛。

孟家已經斷了後代，也沒有親族來認屍。地方上給湊合起一口薄薄的棺木。雪壕太窄了，棺材抬不到東嶽廟這邊來。屍首老停放在廟裡，怕給狗齦了，要讓外鎮的人說話。一定得在天黑以前成殮才行。

屍體也抬不進狹窄的雪壕，人就只有用死者遺下的那張磨光了毛的狗皮給繫上兩根繩索，屍體放在上面，一路拖往鎮北鐵路旁的華聾子木匠鋪西邊的大塘邊兒上。那兒靠近火車站，過鐵道不遠就是亂葬崗。

屍體在雪地上沙沙的被拖著走，蜷曲成一團兒，好像還很懂得冷。一隻僵直的手臂伸到狗皮外邊，劃在踏硬的雪路上，被起伏的雪塊擋住，又彈回來，擋住又彈回來，不斷的那樣划動，屬於甚麼手藝上的一種單調的動作。孟憲貴一輩子可沒有動手做過甚麼手藝，人只能想到這人在世的最後這幾年，總是這樣歪在廟堂廊簷下燒泡子的情景，直到這場大雪之前還是那樣，腦袋枕著一塊黑磚，也不怕槓得慌。

鎮上的地保跟在後頭，拎一只小包袱，包袱露出半截兒煙槍。孟憲貴身後只遺下這個。地保一路撒著紙錢。

圓圓的一張又一張空心兒黃裱紙，飄在深深的雪壕裡。

薄薄的棺材沒有上漆。大約上一層漆的價錢，又可以打一口同樣的棺材。柳木材的原色是肉白的，放在雪地上，卻襯成屍肉的色氣。

行車號誌的揚旗杆，有半面都包鑲著雪箍，幾個路工在那邊清除變軌閘口的積雪。棺材停在大塘岸邊的一片空地上。僵曲的屍體很難裝進那樣狹窄的木匣裡，似乎死者不很樂意這樣草率的成殮，拗著在做最後的請求。有人提議給他多燒點錫箔，那隻最擋事的胳膊或許就能收攏進去。

「你把他那根煙槍先放進去吧，不放進去，他不死心哪！」有人這麼提醒地保，老太太也都忍不住要生氣，把手裡一疊火紙摔到死者臉上。「對得起你啦，煙鬼子！臨了還現甚麼世！」

人只有把那隻豎直的胳膊搉彎過來——或許折斷了，這才勉強蓋上棺蓋。拎著斧頭等候許久的華聾子趕著釘棺釘。六寸的大鐵釘，三斧兩斧就釘進去，可是就不顯得他的木匠手藝好，倒有點慌慌張張的神色，深恐死者當眞又掙了出來。

棺材就停放在這兒，等化雪才能入土。除非他孟憲貴死後犯上天狗星，那麼薄的棺材板，眞經不住狗子撞上幾個腦袋，準就撞散了板兒。結果還是讓地保調一罐石灰水，澆澆棺。

傍晚了，人們零星散去，雪地上留下一口孤零零的新棺，四周是零亂的腳印。焚化錫箔的輕灰，在融化的雪窩子裡打著旋，那些紙錢隨著寒風飄散到結了厚冰的大塘裡，一張追逐著一張，一張追逐著一張。

有隻黑狗遙遙的坐在道外的雪堆子上，尖尖的鼻子不時朝著空裡劃動。孩子用雪團去扔，趕不走牠。

鐵道那一邊也有市面，叫作道外，二十年前沒有甚麼道裡道外的。人替死者算算，看是多少年的工夫，那樣一份家業敗落到這般地步。算算沒有多少年，三十歲的人就還記得爭包鹽槽的那些光景。那個年月裡，鐵路剛始鋪築到這兒，小鎮上沒有現在這些生意和行商，只有官廳放包的一座鹽槽，給小鎮招來一些外鄉人，遠到山西爪仔，口外來的回回。

築鐵路那年，小鎮上人心惶惶亂亂的。人都絕望的準備迎受一項不能想像的大災難。對這些半農半商的鎮民，似乎除了那些旱災、澇災、蝗災和瘟疫，屬於初民的原始恐懼以外，他們的日子一向都是平和安詳的。

一個巨大的怪物要闖來了，哪吒風火輪只在唱本裡唱唱，閒書裡說說，火車就要往這裡開來，沒有誰見過。謠傳裡，多高多大多長呀，一條大黑龍，冒煙又冒火，吼著滾著，拉直線不轉彎兒，專攝小孩子的小魂魄，房屋要震塌，墳裡的祖宗也得翻個身。傳說是朝廷讓洋人打敗仗，就得聽任洋人用這個來收拾老百姓。

量路線的時節就鬧過人命案，縣大老爺下鄉來調處也不作用；朝廷縱人挖老百姓的祖塋嗎？死也要護的呀！道台大人詹老爺帶了綠營的兵勇，一路挑著聖旨下來，朝廷也得講理呀。鐵路鋪成功，到北京城只要一天的工夫。那是鬼話，快馬也得五天，起早兒步輦兒半個月還到不了。誰又去北京城去幹麼？千代萬世沒去過北京城，田裡的莊稼一樣結籽粒，生意買賣一樣將本求利呀！誰又要一天之內趕到北京去幹麼啦？趕命嗎？三百六十個太陽才夠一年，月份都懶得去記。要記生日，只說收麥那個時節，大豆開花那個時節。古人把一個晝夜分作十二個時辰，已夠嫌嚕嗦。再分成八萬六千四百秒，就該更加沒味道。

鐵路量過兩年整，一直沒見火車的影兒。人都以爲吹了，估猜朝廷又把洋人抗住了。不管人怎樣的仇視、惶懼、胡亂的猜疑，鐵路只管一天天向這裡伸過來，從南向北鋪，打北向南鋪。人像傳報甚麼凶信，謠傳著鐵路鋪到甚麼集，甚麼寨。發大水的年頭，就是這樣傳報著水頭到了哪裡，到了哪裡，人眾的心情也就是這樣。在那麼多惶亂拿不出主意的人眾當中，大約只有老太太沉住氣些；上廟去求神，香煙繚繞裡，笑瞇瞇的菩薩沒有拍胸脯給人擔保甚麼，總讓老太太比誰都多點兒指望。

道台大人詹老爺再度下來，鎮上有頭有臉的都去攔道長跪了。道台大人也是跟菩薩一樣瞇瞇笑，怎樣笑也不當用。詹大老爺不著朝服，面孔曬得黧黑黧黑的，袖子捲起兩三道，手腕上綁一隻小時鐘。在鎮上住了一宿，可並不是宿在鎮董的府上，縣大老爺也跟著一起委屈了。第二天，一干大人趕一個絕早，循著路基南巡去了，除去那家客棧老闆捧著詹大人親題的店招到處去亮相，百姓仍然沒有一個不咒罵，甚麼指望也沒了，愣等著火車這個洋妖精帶來劫難吧。

「在劫在數呀！」

人都咒罵著，也就這樣的認命了。

鋪鐵路的同時，鎮上另一樁大事在鼓動，官鹽又到轉包的年頭。鎮上只有二百多戶人家，連同近鄉近村的居戶，投包的總有三十多家。開標的時候，孟憲貴的老子孟昭有，一萬一千一百兩銀子上了標。可是上標的不是他一個，沈長發跟他一兩銀子也不差。

官家的底標呆定就是那麼些，重標時，官廳就派老爺下來當面拈鬮。

孟沈兩家上一代就有夙仇；上一代就曾爲了爭包鹽槽弄得一敗兩傷。爲那個，孟昭有一輩子瞧不起他老子。如今一對冤家偏巧又碰上頭，縣衙門洪老爺兩番下來排解，扭不開這兩家一定非血拚不可。

孟家兩代都是耍人兒的，又不完全是不務正業，多半因爲有那麼一些恆產。

孟昭有比他老子更有那一身流氣，那一身義氣。平時要強鬥勝耍慣了，遇上這樣爭到嘴邊就要發定五年大財運的肥肉，借勢要洗掉上一代的冤氣，誰能用甚麼逼他讓開？

「我姓孟的熬了兩代，我孟昭有熬到了，別妄想我再跟我們老頭一樣的窩囊！」

守著縣衙門差派下來的洪老爺，孟昭有拔出裹腿裡的一柄小鑲子，鮫皮鞘上綴著大紅總。

「姓沈的，有種咱們硬碰硬吧！」

沈長發是個說他甚麼樣人就是甚麼樣人的那種人；硬的讓著，軟的壓著。唯獨這一遭是例外，五年的大財運，可以把張王李趙全都捏成一個模樣兒。

「誰含糊誰是孫子！」沈長發捲著皮襖袖子，露出手脖兒上一大塊長長的硃砂痣。

洪老爺坐在太師椅上抽他的水菸，想起鬥鵪鶉。手抄到背後，扯一下壓在身底下太緊的辮子梢兒。

沈長發心裡撥著自家的算珠盤兒；鐵路占去他五畝六分地，正要包下鹽槽補補這個虧損。

不過戳兩刀的滋味大約要比虧損五畝六分地痛些。

「去！」衝著他跟前的三小子喝一聲：「家去拿你爺爺那把刀子來——姓沈的沒瓤過給誰。三十年前沈家爺爺就憑那把寶刀得天下，財星這又落到沈家瓦屋頂，一點不含糊！」

這話眞使孟昭有掉進醋缸裡，渾身螫著痛。只見他嗤的一聲，把套褲筒割開一大半邊，一腳踏上長條凳。這是在鎮董府上的大客廳裡。

「洪老爺明鏡高懸，各位兄台也請做個憑證！」

孟昭有握著短刀給四周拱拱手，連連三刀刺進小腿肚。小鑲子戳進肉裡透亮過，擰一個轉兒拔出來，做得又架式，又乾淨，似乎不是他的腿、他的肉。腿子舉起來，擔在太師椅的後背上頭，數給大家看，三刀六個眼兒，血作六行往下滴答，地上六片血窩子。

「小意思！」

孟昭有一隻腿挺立在地上，靜等著黑黑紫紫黏黏的血滴往下滴答，落在大客廳的羅底磚上。那張生就的赤紅臉脖子，一點也沒變色。在場的人聽得見嗒嗒的滴答，遠處有鐵榔頭敲擊枕木上的道釘，空裡震盪著金石聲。鐵路已經築過小鎮，快在鄰縣那邊接上軌。

孟昭有他女人送了一包頭髮灰來給他止血，被他扔掉了。羅底磚地上六片血窩子就快化成了一片。

沈家的三小子這才取來那柄刀。原是一柄宰羊刀，沈長發的上一代靠它從孟家手裡贏來包鹽槽的標，事後才配上烏木梅花鑲銀的刀柄和鞘子。刀子拔出來，顯得多不襯，粗工細工配不到一起，儘管刀身磨得明晃晃，不生一點點鏽斑。

沈長發一雙眼睛被地上的血跡染紅了，外表看不太出，膽子已經有點寒。不臨到自己動刀，總不知道上人創那番家業有多英豪。一咬牙，頭一刀刺下去用過了勁兒，小腿肚的另一邊露出半個刀身，許久不見血，刀身給焊住了。上來兩個人幫忙才拔出來。

客廳裡兩攤血，這場沒誰贏，沒誰輸，洪老爺打道回衙門，這份排解的差事只有交給鎮董就近替他照顧。

甚麼樣的糾紛都好調處，唯有這事誰也插不上嘴，由著兩家拚，眼睜睜看著這兩個對手各拿自己的皮肉耍。

過不兩天，一副托盤捧到鎮董府上去。托盤裡鋪著一大塊大紅洋標布，三隻連根剁掉的手指頭橫放在上面。

孟昭有手上裹著布，露出大拇指和食指。家邦親鄰勸著不聽，外面世路上的朋友跑來勸說，也不生作用。

「難道沈長發那麼個冤種，我姓孟的還輸給他？」

好像誰若不鼓動他拚下去，誰就犯嫌疑，替沈家做了說客。

「我們那位老爺子業已讓我馱上三十年的石碑了；瞧著吧，鹽槽我是拿穩了。」

托盤原樣捧回來，上面多出三隻血淋淋的手指頭。一看就認出是沈長發的，隻隻都是木雕似的厚厚的灰指甲。

沒有料想到沈長發也有他這一手。一氣之下踢翻玻璃絲鑲嵌的屏風，飛雷似的吼叫起來：

「誰敢再攔著我？誰再攔著我，誰是我兒！」

他兒子可只有一個。那個二十歲的孟憲貴，快就要帶媳婦，該算是成人了；白白瘦瘦的細高挑兒，身上總像少長兩根骨頭，站在哪兒非找個靠首不可。走道兒三掉彎，小旦出台走的是個甚麼身段，他就是那個樣子，創業守業都不是那塊料。他老子拚成這樣血慘慘的，早就把他嚇得躲到十里外的姥姥家。

鐵路已經鋪到姥姥家那邊，孟憲貴整天趕著看熱鬧似的跟前，跟後，總也看不厭。多冷的天氣多寒的風，也礙不著他。鐵路接通的日子，第一列火車掛著龍旗和彩紅。一節節的車廂，人從沒見過這樣裝著鐵轂轆的漂亮小房屋，一幢連一幢，飛快的奔來，又飛快的奔去。天上正落著雪，火車雪裡來，雪裡去，留下一股低低的灰煙，留下神奇和威風，人那些恐懼和惱恨似乎有些兒消散了，留給孟憲貴一種說不出的空落，問著自己這一生有否坐火車的命。

正是孟憲貴發下誓願，這輩子非要坐一趟火車不可的當口，家裡來了人，冒著風雪跑來報喪，他爹到底把一條性命拚上了。

趕回奔喪，一路上坐在東倒西歪的騾車裡，哭一陣，想一陣。過過年，官鹽槽就是他繼承，坐火車的心願眞的就該如願了。可一見他爹死得那樣慘，魂兒都嚇掉了。

飄雪的天，鎮董門前聚上不少人。

鎮董是個有過功名的人家，門前豎著大旗杆，旗杆斗歪斜著，長年不曾上過漆，斗沿兒上盡是雀子糞，彷彿原本就漆過一道白鑲邊。

沒有人像過孟昭有這樣子死法。

遊鄉串鎮的生鐵匠來到小鎮上，支起鼓風爐做手藝。沒有甚麼行業能像這生鐵匠最叫人又稀罕，又興頭。許久沒有看到猴兒戲和野台子戲的了，有這些玩意兒就抵得上多少熱鬧。

鼓風爐四周擺滿沙模子，有犁頭、有鏊子、火銃子槍筒和鐵鍋。大夥兒提著糧食、漏鍋、破犁頭，來換現鑄的新傢什。

鼓風爐噴著藍火焰，紅火焰。兩個大漢踏著大風箱，不停的踏。把紅的藍的的火焰鼓動得直發抖，抖著往上衝。爐口朝天，吞下整簍的焦煤，又吞下生鐵塊。大夥兒嚷嚷著，這個要幾寸的鍋，那個要幾號的洋台炮心子，爭著要頭一爐出的貨。

鼓風爐的底口扭開來，鮮紅鮮紅的生鐵漿流進耐火的端臼子裡。

煉生鐵的老師傅手握長鐵杖，撥去鐵漿表層上浮渣，打一個手勢就退開了。踏風箱的兩個漢子腿上綁著水牛皮，笨笨的趕過來，抬起沉沉的端臼子，跟著老師傅鐵杖指點，濃稠稠的紅鐵漿，挨個挨個灌進那些沙模子。

這是頭一爐，一圈灌下來，兩個大漢掛著滿臉的大汗珠。鐵漿把七八尺內都給烤熱了。

「西瓜湯，眞像西瓜湯。」

看熱鬧的人忘記了冷，臉讓鐵漿高熱烤紅了，想起紅瓤西瓜擠出的甜汁子。

「好個西瓜湯，才眞大補。」

「可不大補！誰喝罷？喝下去這輩子不用吃饃啦。」

就這麼當作笑話嚼，鬧著逗樂兒。只怪那兩個冤家不該在這兒碰頭。

孟昭有尋思出不少難倒人的鬼主意，總覺著不是絕招兒，這可給他抓住了。

「姓沈的，聽見沒？大補的西瓜湯。」

這兩個都失去三個指頭，都捱上三刀的對頭，隔著一座鼓風爐瞪眼睛。

「有種嗎，姓孟的？有種的話，我沈長發奉陪。」

爭鬧間，又有人跑來報信，火車眞的要來了。不知這是多少趟，老是傳說著要來，要來。跑來的人呼呼喘，說這一回眞的要來了，火車早就開到貓兒窩。

不知受過多少回的騙，還是有人沉不住氣，一波一波趕往鎭北去。

「鎭董爺，你老可是咱們憑證。」

孟昭有長辮子纏到脖頸上。「我那個不爭氣的老爺子，捱我咒上一輩子了，我還再落到我兒子嘴巴裡嚼咕一輩子？」

鎭董正跟老師傅數算這行手藝能有多大出息，問他出一爐生鐵要多少焦煤，兩個夥計多少工錢，一天多少開銷。

「我姓孟的不能上輩子不如人，這輩子又捱人踩在腳底下。」

「我勸你們兩家還是和解吧。」鎭董正經的規勸著，沒全聽到孟昭有跟他叫嚷些甚麼。

「昭有，聽我的，兩家對半交包銀，對半分子利。你要是拚上性命，可帶不去一顆鹽粒子進到棺材裡。你多想想我家老三給你說的那些新學理。」

鎮董有個三兒子在北京城的京師大學堂，鎮上的人都喊他洋狀元，就勸過孟昭有：

「要是你鬧意氣，就沒說的了。要是你還迷著五年大財運，只怕很難。」

洋狀元除掉剪去了辮子，帶半口京腔，一點也不洋氣。「說了你不會信，鐵路一通，你甭想還把鹽槽辦下去，有你傾家蕩產的一天，說了你不信……」

這話不光是孟昭有聽不入耳，誰聽了也不相信。包下官鹽槽不走財運，眞該沒天理，千古以來沒有這例子。

遠遠傳來轟轟隆隆怪響，人從沒聽過這聲音，除了那位回家來過年的洋狀元。

立刻場上瞧熱鬧的人又跑去了一批。

鼓風爐的火力旺到了頂點，藍色的火焰，紅色和黃色的火焰，抖動著，抖出刺鼻的硫磺臭。老師傅的鐵杖探進爐裡去攪動，雪花和噴出的火星廝混成一團兒。

鼓風爐的底口扭開來，第二爐鐵漿緩緩的流出，端臼子裡鮮紅濃稠的岩液一點點的漲上來。

飄雪的天氣，孟昭有忽把上身脫光了，儘管少掉三個指頭，紮裹的布帶上血跡似也還新鮮，脫掉衣服倒是挺溜活。袍子往地上一扔。雪落了許久，地上還不曾留住一片雪花。孟大娘正在家裡忙年，帶著一手的麵粉趕了來，可惜來不及了，在場看熱鬧的人也沒有誰防著他這一手。

子。

「各位，我孟昭有包定了，是我兒子的了！」

這人光赤著膊，長辮子盤在脖頸上扣一個結子，一個縱身跳上去，托起流進半下子的端臼子。

「我孟昭有包定了！」

衝著對頭沈長發吼出一聲，雙手托起了鐵漿臼子，擎得高高的，高高的。人可沒有誰敢搶上去攔住，那樣高熱的岩漿有誰敢不顧死活去沾惹？鑄鐵的老師傅也愣愣的不敢近前一步。

大家眼睜睜，眼睜睜的看著他孟昭有把鮮紅的鐵漿像是灌進沙模子一樣的灌進張大的嘴巴裡。

那只算是極短極短的一眼，又哪裡是灌進嘴巴裡，鐵漿劈頭蓋臉澆下來，喳——一陣子黃煙裹著乳白的蒸氣沖上天際去，發出生菜投進滾油鍋裡的炸裂，那股子肉類焦燎的惡臭隨即飄散開來。大夥兒似乎都被這高熱的岩漿澆到了，驚嚇的狂叫著。人似乎聽見孟昭有一聲尖叫，幾乎像耳鳴一樣的貼在耳膜上，許久許久不散。

可那是火車汽笛在長鳴，響亮的，長長的一聲。

孟昭有在一陣沖天的煙氣裡倒下去，仰面挺倒在地上。

鐵漿迅即變成一條條脈絡似的黑樹根，覆蓋著他那赤黑的身子。凝固的生鐵如同一隻黑色大爪，緊緊抓住這一堆燒焦的爛肉。

一隻彎曲的腿，主兒的還在微弱的顫抖。

整個腦袋全都焦黑透了，認不出上面哪兒是鼻子，哪兒是嘴巴——剛剛還在叫嚷：「我孟昭有包定了！」的那張嘴巴。

頭髮的黑灰隨著一小股旋風，習習盤旋著，然後就飄散了。黃煙兀自裊裊的從屍身裡面升上來，棉褲兀自沒火燄的熖著。

一陣震懾人心的鐵輪聲從鎮北傳過來，急驟的搥打著甚麼鐵器似的。又彷彿無數的鐵騎奔馳在結冰的凍地上。烏黑烏黑的灰煙遮去半邊天，天色立刻陰下來。

在場不多幾個人，臉上都沒了人色，惶惶的彼此怔視著，不知是為孟昭有的慘死，還是為那個隱含著妖氣和災殃的火車眞的來到，驚嚇成這分神色。

風雪一陣緊似一陣，天黑的時辰，地上白了。大雪要把小鎭埋進去，埋得這樣子沉沉的。只有婦人哀哀的啼哭，哀哀的數落，劃破這片寂靜。

不得人心的火車，就此不分晝夜的騷擾這個小鎭。火車自管來了，自管去了，吼呀，叫呀，敲打呀，強逼著人認命的習慣它。

火車帶給人不需要也不重要的新東西；傳信局在鎭上蓋了綠房屋，外鄉人到來推銷洋油、報紙和洋鹼，火車強要人知道一天幾點鐘，一個鐘頭多少分。

通車有半年，鎭上只有兩個人膽敢走進那條大黑龍的肚腹裡，洋狀元和官鹽槽的少當家的孟憲貴。

鹽槽抓在孟家手裡，半年下來淨落進三千兩銀子，這算是頂頂忠厚的辦官鹽。頭一年年底一結帳，淨賺七千六百兩。孟憲貴置地又蓋樓，討進媳婦又納丫嬛，大煙跟著也抽上了癮。

火車沒給小鎮帶來甚麼災難，除掉孟昭有凶死得那樣慘。大夥兒都說，孟昭有是神差鬼使的派他破了凶煞氣。可洋狀元的金玉良言沒落空；到第二年，鹽商的鹽包裝上火車了，經過小鎮不停站。這一年淨賠一頃多田。鎮上使用起煤油燈，洋胰子。人得算定了幾點幾分趕火車。要說人對火車還有多大的不快意，那該是只興人等它，不興它等人。

五年過去了，十年二十年也過去了，鐵道旁深深的雪地裡停放著一口澆上石灰水的白棺。這夜月亮從雲層裡透出來，照著刺眼的雪地，照著雪封的鐵道，也照在這口孤零零的棺材上，周圍的狗守候著。

有一隻白狗很不安，走來，走去，只可看見雪地上牠的影子移動著。

雲層往南移，倒像月亮在朝北面匆匆的趕路。

狗裡不知哪一隻肯去撞上第一頭。

那隻白狗望著揚旗號誌上的半月，齜出雪白的牙齒，低微的吼哮。然後不知有多惱恨的刨劃著蹄爪，揚起一陣又一陣的雪煙，雪地上刨出一個深坑，趴了下去，影子遂也消失了，可仍在低沉的吼哮。

那一盞半月又被浮雲遮去。夜有多深呢？人都在沉睡了，深深的沉睡了。

一九六一・五・僑愛

【附錄1】

朱西甯作品出版年表

小說類

大火炬的愛（短篇）
重光文藝出版社，一九五二年六月

鐵漿（短篇）
文星書店，一九六三年十一月
皇冠出版社，一九七〇年四月
三三書坊，一九八九年七月
印刻出版公司，二〇〇三年四月

狼（短篇）
大業書店，一九六三年十二月
皇冠出版社，一九六六年十一月
三三書坊，一九八九年九月
遠流出版公司，一九九四年三月

貓（長篇）
皇冠出版社，一九六六年十一月

三三書坊，一九九〇年八月

破曉時分（短篇）　皇冠出版社，一九六七年二月
三三書坊，一九八九年十二月
遠流出版公司，一九九四年二月
印刻出版公司，二〇〇三年四月

第一號隧道（短篇）　新中國出版社，一九六八年十月

旱魃（長篇）　皇冠出版社，一九七〇年四月
三三書坊，一九九一年三月

冶金者（短篇）　仙人掌出版社，一九七〇年四月
晨鐘出版社，一九七二年四月
三三書坊，一九八六年十月

畫夢紀（長篇）　皇冠出版社，一九七〇年八月
三三書坊，一九九〇年七月

現在幾點鐘（短篇）　阿波羅出版社，一九七一年二月

奔向太陽（短篇）　陸軍出版社，一九七一年十二月

非禮記（短篇）　皇冠出版社，一九七三年五月

蛇（短篇）　大地出版社，一九七四年七月

朱西甯自選集（短篇）	黎明出版社，一九七五年一月
春城無處不飛花（短篇）	遠景出版社，一九七六年五月
	三三書坊，一九七九年五月
將軍與我（短篇）	洪範書店，一九七六年八月
春風不相識（長篇）	皇冠出版社，一九七六年八月
八二三注（長篇）	三三書坊，一九七九年四月
	印刻出版公司，二〇〇三年四月
獵狐記（長篇）	多元文化公司，一九七九年七月
	三三書坊，一九八四年二月
將軍令（短篇）	三三書坊，一九八〇年一月
	遠流出版公司，一九九四年三月
海燕（短篇）	華岡出版社，一九八〇年三月
林森傳（長篇）	近代中國出版社，一九八二年六月
七對怨偶（短篇）	道聲出版社，一九八三年八月
熊（短篇）	皇冠出版社，一九八四年七月
牛郎星宿（短篇）	三三書坊，一九八四年八月
茶鄉（長篇）	三三書坊，一九八四年十月

黃粱夢（中篇）　三三書坊，一九八七年七月

新墳（短篇）　文藝風出版社（香港），一九八七年八月

華太平家傳（長篇）　聯合文學出版社，二〇〇二年二月

散文類

鳳凰村的戰鼓　台灣省新聞處出版部，一九六六年七月

朱西甯隨筆　水芙蓉出版社，一九七五年六月

曲理篇　慧龍文化公司，一九七八年九月

日月長新花長生　皇冠出版社，一九七八年十二月

微言篇　三三書坊，一九八一年一月

多少煙塵　台灣省訓團，一九八六年六月

【附錄2】

《鐵漿》相關評論及訪談索引

王德威，〈畫夢記——朱西甯的小說藝術與歷史意識〉，紀念朱西甯先生文學研討會，文建會，二〇〇三年三月二十二日。

——〈一隻夏蟲的告白〉，《中國時報》三十九版，一九九四年一月三日。

——〈鄉愁的困境與超越——朱西甯與司馬中原的鄉土小說〉（上、下），《中央日報》十六版，一九九一年四月十二、十三日。

——〈尋找女主角的男作家茅盾、朱西甯、黃春明、李喬〉，《中外文學》十四卷十期，一九八六年三月，頁二三至四〇。

白芝（楊澤、童若雯摘譯），〈朱西甯、黃春明、王禎和三人小說中的苦難意象〉（上、下），《聯合報》十二版，一九七九年二月二十七、二十八日。

向上，〈提起朱西甯〉，《純文學》九卷一期，一九七一年一月。

江衍宜，《「細述」衷情——朱西甯小說研究》，碩士論文，淡江大學中文所，二〇〇一年。

吳至青，〈不斷求變的朱西甯〉，《書評書目》六十期，一九七八年四月。
李昂，〈在小說中記史──朱西甯訪問記〉，《書評書目》十六期，一九七四年八月。
汶津，〈談主題意識〉，《中國時報》副刊，一九六八年十月七日。
邱上林，〈不老的朱西甯〉，《風範──文壇前輩素描》，正中書局，一九九六年。
雨田，〈答「主觀者言」〉，《中華日報》九版，一九七三年五月二至五日。
──〈旁觀者言──兼談朱西甯的遣詞造句〉，《中華日報》九版，一九七三年三月十七至十九日。
柯慶明，〈論朱西甯的一本短篇小說集──鐵漿〉，《新潮》十七期，一九六八年六月，頁一至二九。
姜穆，〈朱西甯的雕塑鏤刻〉，《文藝月刊》一〇七期，一九七八年五月，頁三四至五一。
馬森，〈寬恕的靈魂──朱西甯小說中的人物〉，《中央日報》二十二版，一九九八年三月二十四日。
馬維敏，〈朱西甯以寫作爲樂〉，《中華日報》十一版，一九八六年九月三日。
袁瓊瓊，〈事小說若神明的人──小說家朱西甯訪問記〉，《中華文藝》十一卷四期，一九七六年六月。
張大春，〈被忘卻的記憶者──朱西甯的小說語言與知識企圖〉，《中國時報》四十三版，一九九八年三月二十六日。

張素貞，〈試探朱西甯小說的主題意識〉，《細讀現代小說》，東大圖書公司，一九八六年十月，頁八一至九九。
張淑惠，《一九四五年後台灣現代文學德文翻譯作品中，文化差異的翻譯問題》，碩士論文，輔仁大學翻譯學研究所，二〇〇一年。
張鈞莉，〈讓夏蟲暢所欲「語」〉，《中國時報》三十九版，一九九四年一月十九日。
張瀛太，《朱西甯小說研究》，博士論文，台灣大學中文所，二〇〇一年。
張曦，〈新墳〉，《台港小說鑒賞辭典》，中央民族學院，一九九四年，頁一五一至一五四。
莊宜文，〈朱西甯與胡張因緣〉，紀念朱西甯先生文學研討會，文建會，二〇〇三年三月二十三日。
陳芳明，〈朱西甯的現代主義轉折〉，紀念朱西甯先生文學研討會，文建會，二〇〇三年三月二十三日。
陳國偉，〈朱西甯〈鐵漿〉中的邊緣人物書寫——認同、忽視和回歸的宿命悲劇〉，《中正大學中國文學研究所研究生論文集刊》一期，一九九九年四月，頁七五至九二。
許惟援、杜祖業、陳柏翰、任兆祺，〈傾城人物：訪朱西甯〉，《大華晚報》十版，一九八七年九月十六日。
紹雍，〈臺北商專青年訪問朱西甯〉，《幼獅文藝》六十三卷四期，一九八六年四月。
黃錦樹，〈《華太平家傳》與中國現代性〉，紀念朱西甯先生文學研討會，文建會，二〇〇三年三月二十二日。
馮季眉，〈悲劇是尋求希望的啓始力量——專訪小說家朱西甯先生〉，《文訊》一一七期，一九九五年七月，頁七七至八〇。
程榕寧，〈朱西甯談文學作品和性靈享受〉，《大華晚報》七版，一九七九年十一月二十五日。
敬之，〈談談台灣作家張拓蕪和朱西甯〉，《團結報》，一九八七年十二月十九日。
楊政源，〈朱西甯懷鄉小說中的人物探討〉，《雲漢學刊》四期，一九九七年五月，頁一三至三八。
——《家，太遠了——朱西甯懷鄉小說研究》，碩士論文，成功大學中文所，一九九六年。
管管，〈一樹花滿頭——朱西甯側影〉，《中華文藝》十卷二期，一九七五年十月。
魯軍，〈四個「第一」朱西甯〉，《中華日報》十四版，一九九〇年十月四日。
蘇玄玄，〈朱西甯——一個精誠的文學開墾者〉，《幼獅文藝》一八九期，一九六九年九月。

朱西甯作品集 1

鐵漿

作　　者　朱西甯
總 編 輯　初安民
責任編輯　高慧瑩
美術編輯　許秋山
校　　對　張淑芬　呂佳真

發 行 人　張書銘
出　　版　INK 印刻文學生活雜誌出版股份有限公司
新北市中和區建一路 249 號 8 樓
電話：02-22281626
傳真：02-22281598
e-mail：ink.book@msa.hinet.net
網　　址　舒讀網 http：//www.inksudu.com.tw

法律顧問　巨鼎博達法律事務所
施竣中律師
總 代 理　成陽出版股份有限公司
電話：03-3589000（代表號）
傳真：03-3556521
郵政劃撥　19785090　印刻文學生活雜誌出版股份有限公司
印　　刷　海王印刷事業股份有限公司

港澳總經銷　泛華發行代理有限公司
地　　址　香港新界將軍澳工業邨駿昌街 7 號 2 樓
電　　話　852-27982220
傳　　真　852-27965471
網　　址　www.gccd.com.hk

出版日期　2003 年 4 月　初版
2022 年 3 月　初版二刷
ISBN　986-7810-38-4
定　價　300 元

國家圖書館出版品預行編目資料

鐵漿／朱西甯著 --初版,
新北市中和區：INK印刻文學,
2003. 04 面； 14.8 × 21公分. (朱西甯作品集；1)
ISBN 986-7810-38-4 （平裝）

857. 63　　92002959

舒讀網